ゲーテさん　こんばんは

池内　紀

集英社文庫

ゲーテさん　こんばんは

目次

本文挿絵 池内 紀

本書は、二〇〇一年九月、集英社より刊行されました。

教育パパ

一七六五年十月、ゲーテはライプツィヒ大学に入学した。ときに十六歳。なんでもできた。ギリシア語、ラテン語といった古典語はもとより、フランス語、イタリア語に堪能で、英語もできる。地理、歴史、博物学にくわしい。ピアノが弾けたし、絵が上手だ。ダンスと乗馬は玄人はだし。筆跡がのこっているが、一字の乱れもない見事な書体であって、とても十代半ばとは思えない。

といって、べつに早熟の天才というのではない。教育の産物である。教育パパがたたきこんだ。おかげで早々と、なんでもできる変てこな小型紳士が誕生した。

三歳のとき「ホッフ夫人の幼稚園」というのに入れられた。昼食をはさんで午前と午後にわたり、読み、書き、算数を習う。それに聖書の話。とりわけ綴《つづ》りのまちがいは厳しく直された。

五歳からは寄宿制の初等学校に入った。休みに家にもどると、父親がソロモンの箴言《しんげん》つきの読本でおさらいをした。七歳のとき天然痘にかかって自宅に帰ってからは、つぎつぎに家庭教師がついた。

まずはヨハーン・チューム先生といってペン字の大家だった。「カリグラフィーの芸術家、並びに個人教授をする教師」を名のっていた。ゲーテにおなじみの流れるような美しい筆跡は、この「カリグラフィーの芸術家」から伝授された。

七歳のときからギリシア語とラテン語の個人教授がはじまった。先生はプロフェサー・シェルビウスといった。ついでガシェ夫人によるフランス語。九歳のときから銅版画家ヨハーン・エーベンについて絵を習いはじめた。同時にイタリア人ドメニコ・ジョヴァンナッツィによるイタリア語、ヨハーン・シャーデによる英語の学習。ヨハーン・アルブレヒト先生によるヘブライ語。乗馬学校に出かけて乗馬を習った。ダンス教師がダンスを教えにやってきた。あいまに教会の合唱指揮者がピアノと歌唱指導に通ってくる。

一つには時代のせいだった。ヨーロッパの十八世紀は「啓蒙主義の時代」とよばれているが、いいかえれば教育ブームの世紀だった。蒙を啓《ひら》く。教え、導く。それをするのが、しだいに教会から教育へと移ってきた。歴史上はじめて教育パパや教育ママが出現した時代である。と同時に教育がワリのいい商売になった。「カリグラフィーの芸術家、並びに個人教授をする教師」といった看板を掲げた素人教師が輩出した。人いちばい流行に敏感だったジャン＝ジャック・ルソーは、さっそく『エミール』と題する教育書のベストセラーを世に出した。

ある家庭教師は肩書にそえてキャッチフレーズをつけていた。「庭に樹木を、言語にコトバを、子供の魂に美徳を植えつける庭師」。当時もてはやされた著書は、つぎのようなタイトルをもっていた。

『幼い魂のための教本』
『子供のための倫理読本』
『ためになる旅行叢書』
『娘のための父親の忠告』
『教養ある婦人のためのエチケット集』

アルファベットの形をしたビスケットがあるが、あれはこの世紀の発明品である。午後のおやつにも、お勉強がなくてはならない。ある男爵はわが子のために二十六人の召使を雇い入れ、それぞれにアルファベットの名をつけていた。

ゲーテの父親はヨハーン・カスパール・ゲーテといった。当時の言い方をかりると、「恵まれた少数者」の一人にあたる。生まれながらに資産があって、何もしなくていい。このヨハーン・カスパールが生涯にしたことといえば、金で「帝室顧問官」の肩書を手に入れたことと、息子ヨハーン・ヴォルフガングを育てたことぐらいだろう。「帝室顧問官」の肩書は上流階級に出入りするのに役立った。そして息子のおかげで後世に名がのこった。

その資産は、いかにしてできたのか。ヨハーン・カスパールの父親は仕立屋の親方で、若いころはパリやリヨンにいた。フランクフルト・アム・マインに住みついたのは、一六八六年のこと。旅館業の寡婦と結婚した。一七三〇年にこの父が死んで、ヨハーン・カスパールが遺産を相続した。もともとの旅館のほか、「二つの家作、果樹園、十四の地所、および十七の金袋」を数えたというから、五十年たらずのあいだに、これだけの財をなした。ゲーテの祖父は、なかなか経営の才があったといわなくてはならない。これはまた、少なくとも次の二代にわたり、ゲーテ家に受け継がれた。

父ヨハーン・カスパールはギーセン、ついでライプツィヒ大学で学び、さらにヴェツラーの帝国法院を経て法学博士の称号を得た。このあと、ふつうは宮仕えをしたり、法律関係の仕事につくものだが、彼は少し変わった道を選んだ。まる三年間、世の見聞のための旅をした。まずはイタリアで、ヴェネツィアやパドゥア、ボローニア、ローマなどに滞在、のちにこれを『イタリア旅行記』に著した。

つぎはフランスで、主にパリにいた。そのあとシュトラスブルク大学に入学して歴史を学んだ。三十一歳のとき、故郷フランクフルトに帰ってきた。その後、七十二歳で死ぬまで、いかなる職にもつかなかった。その人生は財産の管理と、わが子の教育に費やされた。とりたてて変わり者というのではない。「恵まれた少数者」のおおかたがたどったコースである。バカなことさえしなければ金利で優雅な暮らしができる。時代はまだ動いていない。フランス革命が起こるのは、もう少しあとのことだ。

若いゲーテにとって父ヨハーン・カスパールが、ある時期まで人生のヒナ型だったことがみてとれる。父と同じくライプツィヒとシュトラスブルク大学で学び、ヴェツラーの帝国法院で研修した。足かけ三年に及ぶイタリア旅行ののち、『イタリア紀行』を書いた。

ライプツィヒから、一歳ちがいの妹コルネリアに宛てた手紙に、ゲーテは四行詩をつけている。

冷い賢者のただ中で
熱い恋を詠《よ》み暮らす
甘い恋をば歌にして
飲むは大抵ただの水

ゲーテ、十七歳。教育パパの威光の薄れてきたことがみてとれる。息子を大学に送り出すにあたり、父は受けるべき授業を指示していた。当人がかつて学んだところであって、事情をよく知っている。わが子のための時間割りをこしらえた。はじめゲーテは、きちんと講義に出ていたようだ。父親作成の時間割りを守っていた。冬学期、ついで夏学期。二度目の冬学期を迎えるあたりから怪しくなった。「冷い賢者」たちのただ中で、はたして何があったのか？

『ファウスト』第一部、「書斎」の場。悪魔メフィストフェレスが学者のガウンを着て学生の相談に応じるくだり。

「ぼくはこの地に参ってまだまがないのですが、だれもが畏敬をこめていいそやすかたの声を聞きたくてやってきました」

「うれしいことをいってくださる。べつに変わりばえしない人間ですよ……」

そんなやりとりのあと、学生が訴えた。講義室にいてもボンヤリしていて身が入らない。聴いても耳にのこらない。どうすればいいのだろう？

答。「そのうち慣れてくる」

母親に抱かれた赤子を思い出すとよい。はじめはいやがるが、そのうち乳首をチュウチュウやって手からはなさない。「英知の乳房も同じことでね。日ごとに口からはなせなくなる」

学科を選ぶにあたり、手はじめは論理学がよかろう。これは「精神を締《し》めあげてくれる」からだ。つぎには形而上学をやるといい。そうすると人間の頭脳に合わないことでも意味深く思えてくる。頭が受けつけなくても用語はしっかり覚えておこう。いつか思わぬところで役立つものだ。

いちばんいいのは一人だけの先生について、その先生のいうことを金科玉条にする。何が何でも先生のお説を後生大事にする。そうすれば、たしかな門を通って「牢固とした神殿」に入っていける——。

メフィストは、ごく具体的な助言もしている。はじめの半年はサボってはいけない。毎日、五時間の授業をきちんと受ける。鐘が鳴る前に教室に入っておく。予習をちゃんとしてきて、章ごとに整理しておくこと。

「そうするといずれ、先生というものは、本に書いてあることしかいわないことがわかってくる」

一年もすると優等生ヨハーン・ヴォルフガング・ゲーテにも、それがよくわかってきた。

ライプツィヒは当時、ドイツの「小パリ」などとよばれていた。北の雄国ザクセンにあって、ドレスデンが政治都市としていかめしくつくられたのに対し、こちらは商人の街だった。きらびやかに飾られ、目抜き通りはシャンゼリゼーであって、美しいアーケードがつづいている。学生にも、学ぶため以上に遊ぶところがいろいろあった。教育パパは見聞を重んじた自分の体験から、肩書の取得と合わせ、世間を知るということを教育原理に置いていた。学問をしてもコチコチの石頭になってはならない。だからこそハイデルベルクやテュービンゲンといった大学都市ではなく、北の商業都市が選ばれた。

フランクフルト出身の同郷人が大学近くで食堂を経営していた。父親の指示があったのだろう、その食堂に通っているうちに食堂の娘と親しくなった。頭に髪おさえの櫛《くし》を差し、白いエプロンに長いスカート。美人ではないが、可愛い顔立ちで、名前をアンナ・カタリーナ・シェーンコプフといった。店ではカタリーナの愛称「ケートヒェン」で通っていた。ゲーテより三歳年上。「熱い恋」を詠み暮らしたお相手だ。

ゲーテの最初の作品は詩集「アネッテ」である。アンナ・カタリーナのアンナのほうの愛称を、そのままタイトルにした。十七歳から十八歳にかけての作。ただし、本にはならなかった。ライプツィヒ時代のいちばんの親友をベーリッシュといったが、この友人が書き写して仮綴じにしていた。どのような経過をたどったものか、ゲーテの死後、半世紀以上たった一八九五年、ながらくワイマールで女官をしていた人の遺品から見つかった。

ゲーテにとっては、あまり後世にのこしたくなかったものかもしれない。幼い愛の詩の一つは眠りの精によびかけている。恋ごころに悶々として寝つかれない、「眠りの精よ、早く来い」。ドイツの民間信仰では、眠りの精が人の目に砂つぶを投げ入れると眠りに落ちる。夢のなかでは、何であれ恋人と好きなことができるのだ。

いまも娘はそばにいる
すまし顔で坐っている
黙っていても目が話す
絹の下には乳房が動く
唇を近づけ
やめにした

となりで母親が
目をあけている

だから眠りの精よ、早くやってきて母親の目に「芥子《けし》の粒」を投げこんでくれ――というのだ。そうすればあとは恋人と二人だけの世界になる。

夢でしか、ままならなかったせいだろう。娘のほうは長らく大学町の食堂に勤めていて、いろんな学生を見慣れている。人間を見る目では、フランクフルトからやってきた良家の坊やなど、ものの数ではないのである。のべつ意味ありげによびかけられて迷惑したようだ。ヨハーン・ヴォルフガング青年はていよくあしらわれ、片恋に終わった。

『ファウスト』第一部、「マルテの家の庭」の場。悪魔の霊液で若返ったファウストが町娘マルガレーテに恋をした。こちらでは愛が急テンポで高まっていく。そんなとき、恋人たちはのべつ相手に触れていたいものなのだ。夜の庭にも、ひそかに世間の目が光っている。娘には、ことのほか監視が厳しい。

「家にもどらなくちゃあ」

「もうちょっと、この乳房《おちち》を抱いていたいよ。胸と胸と、心と心をぶつけていたいじゃないか」

ゲーテはことさら書いていないが、胸だけでなく腰と腰をもぶつけっこしていたのではあるまいか。

「自分の部屋があったらいいのに！」

マルガレーテがおもわずいった。

「ひとりで寝ているんだったら今夜だって戸口の鍵をあけておくわ。でも、母さんがわきで寝ている。母さんはすぐ目をさますの」

そのときファウストは小瓶を渡した。三滴ばかり、母親の飲みものに垂らしておく、するとぐっすりおやすみで、あとは恋人と二人だけの世界になる。

『ファウスト』第一部をゲーテは五十九歳のときに公刊した。しかし、そのかなりの部分は二十代半ばに書いていた。それは「原《ウア》ファウスト」とよばれ、書かれたことはわかっていたが草稿が見つからない。死後半世紀、「アネッテ」と同じく元ワイマール女官の遺品のなかに写しが見つかった。

並べると、よくわかる。十代の詩では「芥子の粒」だった。それが「小瓶」に代わって、となりのベッドの母親を眠らせた。

『ファウスト』はゲーテ畢生《ひっせい》の作といわれている。二十代で書きはじめ、二部仕立てを完成したのは八十二歳のときだった。六十年ちかくかかえていたことになる。厳密にいうと、さらに十年ちかくさかのぼる。十代の半ばすぎ、食堂の娘をうたった愛の詩のなかに、すでにその原型がある。眠りの精よ、早く来い。やってきて母親の目に芥子の粒を振りかけてくれ。寝室の暗い灯の影に「母親が落ちれば／アネッテはこの手に落ちる」。

十代の青年は意気揚々たるものだが、さすがに五十代のゲーテはたじろいだ。小瓶を握ったマルガレーテに、ひとりごとのようにしていわせている。

「あなたをじっと見つめていると、何だって、あなたのいうとおりにしてしまう。もう、いろんなことをしてきた。もう何もかも、しつくしたみたい」

誇り高い小型紳士には娘のつれなさがこたえたらしい。そんなとき郷里の妹が、いちばんの話し相手だった。手紙を書いてウップンを晴らせる。何であれ打ち明けられる。妹コルネリア宛が十三通ばかりのこされていて、どれも長い。

その一つでは、ザクセン女を罵《ののし》っている。バカぞろいで、モラルに欠け、おしゃれ好き、それにコケット。べらべらザクセン言葉でまくしたてる。もの知らずで、話すことといったら愚にもつかないことばかり。

若いゲーテにはザクセン方言が気に入らなかったようだが、ゲーテ自身はヘッセン方言を話していた。

ときおりアネッテが色よい返事をしてきたこともあったようだ。手紙を寄こすこともある。そんなときは妹に上機嫌で報告した。「善良な心」をそなえている娘であって、「躾《しつけ》しだいでは、まだよくなる」可能性をもっており、世の退廃に十分対抗する資質がある。

「ホッフ夫人の幼稚園」で鍛えられたゲーテには、食堂の娘からの手紙にみる綴りのまちがいが気になった。会ったとき、いちいち指摘して直してやったらしい。妹コルネリアに、

「正書法のほうは、まださっぱり進歩しない」と残念そうに報告している。

「ザクセン女にそんなことを求めてもしかたがないのだ」

一つの手紙は十九箇所のまちがいがあった。それにしても、綴りのまちがいを数えあげるような男が女性に愛されるはずがないのである。

「今日も大学は行かなかった。コルネリア、きみともっと話をしていよう……」

友人宛のしめくくりは、こんなぐあいだ。

「……ではおやすみ。ぼくは獣のように酔っぱらっている」

ライプツィヒの目抜き通り、アーケードの一角に、いまも「アウエルバッハ」の看板が見える。現在は優雅なレストランだが、ゲーテが通っていたころは、ごく安直な地下酒場だった。亭主がつけで飲ましてくれる。ライプツィヒ大学の最初の総長が北ドイツのアウエルバッハ出身で、それにちなんで名づけられたという。『ファウスト』第一部には、「ライプツィヒのアウエルバッハ地下酒場」の場が入れこんである。出だしの話のようすから

すると、学生二人が同じ娘に入れあげている。フラれたのが、くやしそうに忠告した。

「おれはいいようにしてやられた。いずれ、おまえもそうなるね」

四つ辻で、これみよがしにいちゃつくといい。まっとうな人間は、まっぴらごめんだ——とはいいながら未練たっぷり。そんな一人をからかって、べつの一人が歌をうたった。歌のおしりが「胸の思いにこがれるように」。そこのところは全員、がなり声で合唱する。痩《や》せる思いで過ごしたころが、穴倉のネズミにたとえてある。

穴倉にネズミがござった
脂《あぶら》とバターが食い放題
マルティン・ルター先生のような
さてもみごとな太鼓腹
台所女が毒をしかけた
いまや日ごとに痩せていく
胸の思いにこがれるように

走り廻ったり駆け廻ったり、ピョンピョン跳び上がったり、また水を飲んだり、ひっかいたりもしたが、ひとたび毒を口にしたからには、すべてもはや詮ないこと。いまやひたすら青息吐息で、「胸の思いにこがれる」のとそっくりだ。それでも元気を奮《ふる》いおこして、台所へ駆け出したとたん、竈《かまど》にぶつかってバッタと倒れた。息をつくのもやっとのありさま。台所女がカラカラ笑った。

あんれまあ、息もたえだえ
胸の思いにこがれるように

そんなところへメフィストがファウストをつれてやってくる。書斎から出て、世間を知るための最初の第一歩だった。

「この連中を見ておくがいい。日ごと、おもしろおかしく暮らす手があるもんだ」

このときのファウストは、教育パパの監督から出て、「小パリ」にやってきた十代のゲーテそのままの自画像といえただろう。赤子の『ファウスト』のなかに、のちの奇妙な相棒との巡歴が原寸大で収まっている。メフィストがそっとファウストの耳にささやいた。この連中ときたら、「悪魔に首すじをつかまれていても、さっぱりごぞんじない手合いでね」。

大学生の実験

へんな病気だった。胸に痛みが走る。刺すような激痛が周期的に襲ってくる。内臓がおかしくなって、食べても消化しない。ある日、突然、血を吐いた。

一七六八年六月のこと。ゲーテはライプツィヒに遊学中で、吐血は下宿先で起きた。ようよう隣室の者に声をかけ、医者を呼んでもらった。数日間、生死の境をさまよった。

幼いころから病気知らずで、強壮な体質といわれ、自分でもそれを信じていた。野原で寝ても平気だし、数時間やすみなく馬を走らせても息を切らさない。ところがお得意の騎馬の途中に馬もろとも転倒した。急に胸苦しくなってバランスを失った。それが前兆だった。しだいに痛みがひどくなってきた。ビールがいいといわれて、とりわけ強いメルゼンブルク・ビールを飲んでいたが、もとより効果がない。

半世紀ばかりのちのことだが、若いころを回想した『詩と真実』のなかで述べている。

「私の気分は、青春のありあまる力に支えられて、羽目を外した陽気さと、憂鬱な不快感との両極のあいだをゆれていた」（山崎章甫訳）

食堂の娘に熱をあげて、邪険にされながらもせっせと通っていた。当時のライプツィヒは「小パリ」などとよばれ、小粋な遊興の町を誇っていた。フランクフルトからやってきた良家の息子には暇がたっぷりあったし、仕送りにも恵まれている。『ファウスト』第一部には「ライプツィヒのアウエルバッハ地下酒場」の場があって、毎晩のように酒と歌に浮かれている学生たちが出てくるが、ゲーテもその一人だった。突然の病は、そんな不摂生がもたらしたものにちがいない。

ただゲーテは回想のなかで、こんなことも述べている。

「当時は冷水浴の流行《はや》り始めた時期で、冷水浴が無条件に推奨された」

ベッドは固いのがいい。掛け布団はなるたけ薄くする。

「……これらの愚行は、ルソーの提唱を誤解した結果であるが、これによってわれわれは自然に近づき、習俗の腐敗から救われると期待されていたのである」

ルソーの唱えた「自然へ帰れ」が時代の合い言葉になっていたことがみてとれる。文明は腐敗しており、自然にこそ真の文化があるというのだ。街よりも村、サロンよりも田園、珈琲《コーヒー》よりも泉水、扇子ではなく野の風、ゼリーではなくもぎたての果実、コケトリーではなく純朴さ——。ルソーはとりわけ熱をこめて「善き田舎人《ボン・ヴィラジュワ》」を語っていた。質素で、正直で、純朴な農夫である。恭順で、陽気で、辛抱づよい村びとのこと。首にはリボンを結び、頭には麦わら帽子をいただいている。

ライプツィヒ時代に書いたゲーテの詩の一つは「夜」の表題をもち、そこでは詩人が夜ふけの森をそぞろ歩いている。音一つせず、月光が木洩《こも》れ陽《び》のように落ちていた。べつの詩では「わたし」が川床に寝ている。手を水にひたし、あまつさえ、そのまま水浴したりする。

若さの愚行というよりも、ルソー熱が生み出したところではあるまいか。それはまったく流行病《はやりやまい》のように蔓延していた。国王ルイ十五世もルソー熱にかぶれた一人であって、のべつ馬車を走らせて「自然」へと出かけていった。ゲーテが吐血した年から五年後の五月のことだが、ルイ十五世はデュバリー夫人とともにトリアノン郊外へ遠出した。そして靄《もや》のたちこめる田舎道で、牛飼いの娘が草刈りをしているのに行き合わせた。そのとき王がどんな言葉を口にしたのかは伝わっていない。あまり英明でもなかったようだから、ごく型どおりの表現だったと思われるが、ルソーを口うつしにしていたはずだ。

王は野にある娘の素朴さにこおどりして、身近に呼びよせ、さらに晩餐《ばんさん》にともなった。数日後、娘は天然痘で死に、その十日後、国王もまた同じ病で世を去った。

色好みはともかくとして、国王がルソー熱に感染していたことはあきらかだ。だからこそ「純朴な村娘」を天然痘もろともに呼び寄せた。とするとルソーこそ間接的にせよ国王の殺害者ということになる。

若いゲーテがその一人だったが、「自然へ帰れ」に熱狂したのは十八世紀後半の貴族や知識人だった。ルソーの興奮した声に誘われて、野や森をそぞろ歩いた。そして「自然」と「純粋さ」を発見した。おそろしく人工的なロココ文化のあだ花というものであって、多少とも――いや、大いに――食欲の倦怠《けんたい》に悩んでいる食通と似ていたのではあるまいか。ある朝めざめて、突如、黒パンとベーコンをほめたたえ、しぼりたてのミルクと、もぎたての果実こそとびきりのご馳走だといいはじめた。

ついでながらルソーの語ったような「善き田舎人」は、人生読本とかオペレッタには登場しても、現実には存在しないことを私たちは知っている。素朴で正直で陽気な人もたまにはいるかもしれないが、おおかたは頑固で、陰気で、欲ばりである。首にリボンを結び、頭に麦わら帽子をのせているかもしれないが、それは決して純朴さの保証ではない。いつも嫉妬深く隣り近所に目をくばり、わが庭とわが家とわが収穫物を疑りの眼差しで、いわば爪と歯で見張っている。

吐血さわぎが収まってひとまずことなきを得たが、やはり健康がすぐれない。胸の痛みは消えないし、消化不良がつづいている。気がつくと、首の左側に腫《は》れものができていた。医者が勧めたのだろう、いちど帰省することにして、八月二十八日、つまり十九歳の誕生日の当日、ライプツィヒを発って郷里に向かった。親しい友人が看護人のように馬車をともにしてくれた。九月三日、フランクフルト着。

かなりやつれていた。『詩と真実』に語られているところによると、「家の者は暗黙のうちに、四方山《よもやま》の話はひとまずあとまわしにして、まず第一に肉体的にも精神的にも、私を安静にさせることで一致した」というから、家族の反応がうかがえる。いろいろ話したがる帰省者をなだめ、目くばせし合って寝室へと送りこんだ。

首の腫れものがひかない。むしろずっと大きくなった。外科医と内科医が毎日のように往診にきた。外科医は瘦《や》せて風采のいい人物で、腕はいいが結核を病んでいた。もう一人の医者についての報告がおもしろい。病人はいたって冷静な目で、自分を診断する人を観察していた。

「内科医はつかみどころのない、ずるそうな目つきの、親し気なもの言いをする、要するに不可解な男であったが……活動的で注意深く、患者は信頼を置けた。しかし彼が得意先を広げたのは、まずなによりも、彼がひそかに調剤した数種の薬をほのめかす才であった」

秘薬といったものをもっていたらしい。独自の調剤はかたく禁じられていた。だから大っぴらに口にできない。しかし秘密のままでは効能がつたわらない。ついては「ほのめかす才」が威力を発揮したようなのだ。

内科医も外科医も、はじめは腫れものを散らそうとした。硝酸銀といった腐食性の薬をくり返し塗りつける。臭《にお》いもひどい。我慢していても、ちっとも腫れはひかなかった。どの薬も効き目がない。この年の暮れ、またもや生死の境をさまよった。

内科医がひそかに調合した薬は二種類あったようだ。一つは粉状のもので、これはそれほど秘密にされていなかった。いっぽう、もう一つのほうは神秘につつまれていた。とっておきの万能薬で、だれひとり見た者がなく、試した者もいない。ひそかに噂《うわさ》だけがささやかれていた。

医者はいたって暗示的な言い方をしていたらしい。魔法の霊薬があるともないとも、はっきりとはいわない。仮にその薬を使うことがあるとしても、きびしい条件があり、患者自身が化学や錬金術を勉強して、心の準備をしていなくてはならない。それというのも「肉体の救済は魂の救済ときわめて近い関係」にあるからだ。秘密の霊薬は一個の薬というよりも、さまざまな形をとってあらわれる普遍的な真理といったもので、みずから深く究《きわ》めた者だけが、その恩恵にあずかれる——。

首の腫瘍《しゅよう》は切開ときまったが、内臓のぐあいがおかしい。十二月に入り、まったく機能しなくなった。日を追って痩せていく。

「この危急の状態を見て不安に駆られた母は、当惑している内科医に、例の万能薬をもってくるように激しい勢いで迫った」

涙ながらに訴えたりもしたようだ。それでも医者は首を振って拒みつづけたが、いよいよ危険な状態になったある夜ふけ、急ぎ家に帰り、秘薬をもってもどってきた。重態の身であれ、ゲーテは注意深く見守っていたにちがいない。それが「乾燥した結晶体の塩類の入った小さなコップ」だったと報告している。水に溶かして飲む。アルカリ性の味がした。効き目があった。以来、病気が好転して、薄紙を剝ぐように癒《い》えていき、春の訪れとともにベッドを離れた。

えがたい体験だった。文字どおり、わが体で一つの神秘を験《けみ》したことになる。十九歳の青年には、ひときわ印象深いものがあったに相違ない。命がかぎりなく、ある一点に近づいていた。生と死の分かれ目であって、そこをこえると、有機的な組織体が無機的な物体になる。かぎりなく死に接したところは、生の立ちもどるところでもあり、無機的な結晶体が不思議の力を発揮して、生命のよみがえりをもたらした。命の素《もと》といったもの、それは、はたして何であるか？

終生の関心が、ここに定まったといっていい。六十年後、ゲーテは八十歳に手がとどく身で悲劇『ファウスト』を書き継いでいた。そこにまさしく命の素をつくり出す男が出てくる。第二部第二幕、「実験室」の場。ト書によると「中世風のつくり。奇妙な用向きに応じた、たいそうな装置がゴタゴタと並べてある」。かつてファウスト博士の弟子だったワーグナーが竈《かまど》の前にしゃがんでいる。フラスコがのっていて、キラキラと輝いている。燃える石炭のようなものが赤味がかった光を放ち、それがしだいに白い光に変化していく。

メフィスト　なにごとです？

ワーグナー　人間ができる。

クローン人間の誕生というものだ。さまざまな物質を合成したという。合成法に秘訣があって、それは語られていないが、ともかく「人間の素材」を組み合わせた。それをフラスコに密閉して、ほどよく蒸留すると、やがてゆっくりと形ができていく。そのようにして「微妙な一点」から命が生まれ出る。

フラスコが澄んできて、つづいてガラスを叩く音がした。人造人間ホムンクルスの登場だ。老いの身で『ファウスト』第二部の完成に苦心していたとき、ゲーテは十代のときの体験を、昨日のことのように思い返していたのではなかろうか。ドクター・ワーグナーが「斯界《しかい》の権威」などといわれながら、少なからず道化じみた人物になっているのは、命の素の万能薬を「ほのめかす才」でもって得意先を広げた、かつての内科医がモデルになったせいではあるまいか。

生死の境をさまよっていた青年を、生の方へと押しやった霊薬は、いったい何だったのだろう。フラスコで調合されたものであることはまちがいない。乾燥させ、結晶体にしてあった。塩類系で、味はアルカリ性。

十九歳のゲーテはベッドを離れるやいなや、さっそく装置を買いあつめた。竈やフイゴ、火縄、フラスコ、蒸留用のシャーレ。『ファウスト』第二部の「実験室」は、フランクフルトのゲーテ家の切妻《きりづま》の屋根裏部屋の情景でもあったわけだ。

ちょうどいいお仲間がいた。スザンナ・フォン・クレッテンベルクといって、叔母にあたる人。早くに両親を失い、兄弟姉妹もなく、フランクフルトの大きな家にひとり住いをしていた。多少とも変わり者だったようで、『魔術的神秘の書』といった書物を勉強して、小さなフイゴやフラスコ、レトルトなどを備えていた。

ゲーテの回想によると、すでに以前からスザンナ叔母さんは「鉄に関する実験」をしていた。

鉄には治癒《ちゆ》力のある物質が含まれているので、それを分離析出しようというのだ。そのためには「空中塩」がなくてはならない。空気に含まれている塩分であって、これを蒸留して鉄に加える。さらに空中塩の析出には、アルカリが必要であって、アルカリを空中に飛散させれば、超地上的な物質と結合して、そののちに、「中間塩」を生じる。「中間塩」は錬金術の用語で、植物と鉱物の中間にある物質を指していた。

叔母のコーチで、ゲーテは実験にとりかかった。さしあたっては「中間塩」をつくり出すこと。

「しばらくのあいだ、私がもっとも熱中したのは、いわゆる硅液《けいえき》であった」

純粋な硅石をアルカリで分解すると、まず透明なガラスになる。それが空気にふれると溶けて、美しい澄んだ液体になった。即席の錬金術師は鉱物の変化に目をみはった。わざわざマイン河畔産出の白い硅石をとりよせ、せっせと実験に励んだ。錬金術では「処女土」が大きな役割をになっている。金属が変化するにあたり、触媒をする原物質であって、天地創造の直後の処女のようにけがれのない土になぞらえて命名されていた。

白い石がガラス状になり、つづいて澄んだ液体があらわれたとき、十九歳の青年は胸おどらせた。はやくも錬金術の奥儀をきわめたような気がしたのだろう。のちの老ゲーテは若き日の早トチリを弁護するように述べている。

「こうしたものを一度自分で作り、その目で見た者は、処女土なるものを信じ、それにたいする、またそれによって生ずる作用の可能性を信ずる人を咎《とが》めることはないであろう」

早合点であることは、すぐにわかった。硅石が溶解して液体になり、それを蒸留すると結晶して粉になったが、つまるところ、形が変わっただけ、硅石が硅粉になったにすぎない。いくら粉をつくっても、空中塩と結合したわけではなく、また処女土のように、触媒として働くけはいなどまるでない。ゲーテはいたって正直に述べている。

「結局、私は飽いてしまった」

中間塩や処女土など、現代からみれば笑いごとだが、ゲーテの時代には、かなりまじめに信じられていた。少し前まで「病因 瘴気《しようき》説」がしきりに論議されていた。伝染性の病毒ミアスマが空気中に浮遊していて、これに伝染すると病気になる。医学者はやっきになって大気中のミアスマを追っかけた。

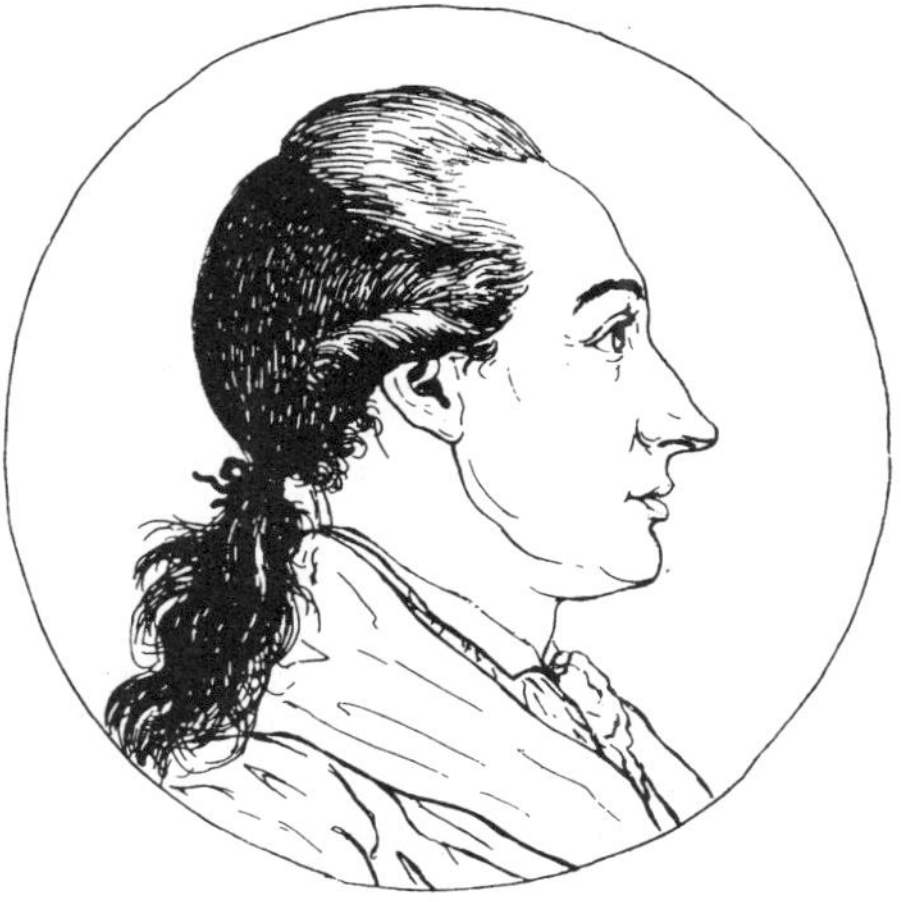

G・シュモル画「20代はじめのゲーテ」

ゲーテのスケッチ「つりがねむし」

鉱物的植物とされていた水晶

人々はそれを、大地が発散する腐敗ガスといったイメージで考えたようだ。そのガスを吸っていると活力が弱まり、いずれは死にいたる。病因瘴気説によると、だからこそ生あるものはすべて上にのびて大地から隔たりをとり、重要な器官を保護しようとする。麦の穂を見よ、植物の花を見よ、人間の頭またしかり。老いが訪れ、背中が曲がり、顔がうつむきだすと、必然的にミアスマを吸いこみ死に近づく。ひいては死後、みずからも土に帰って腐敗ガスの一翼をになうことになる……。

とすると同じ食べ物でも、なるたけミアスマに染まっていないのがいい。十八世紀のロココ文化は、さまざまな新しい料理を生み出したが、そこにも時代の考え方が色こくあとをとどめている。大地の腐敗ガスから遠いところで収穫された素材こそ贅沢《ぜいたく》品というものだ。そこからハトを煮こんだスープや、ヒバリのパイや、カモのシチューがお目見えした。木の実の漬物、アルプス・カモシカのミルク、ピレネー山のぶどう酒。同じニワトリでも庭で飼ったものより、屋根裏で育てたほうが上等で、高級料理店は屋根裏ニワトリの卵でつくったメレンゲをうたっていた。

貴族たちは「高原産のくるみ油」をかためた石鹼でからだを洗い、ドロミテ山産出の石灰で歯を磨いた。「活力注入装置」なるものを館にこしらえた人もいた。腐敗ガスに侵されていない上層の空気を取りこんで、日に一度、これをあびる。屋根の煙突に吸入装置がとりつけてあって、召使がテコでもって動かした。

ルソーの「自然へ帰れ」が、何よりもそういった時代への批判としていわれたことはあきらかだろう。大地こそ活力の源であって、これは遠ざけるものではなく、身近に接するべきところなのだ。だからこそ川水や泉水による冷水浴が流行した。野に寝て、水浴し、土と親しむ。ガーデニングは趣味の園芸という以上に健康法だった。病因瘴気説が滑稽なまでの人工性に走ったように、ルソー熱は、これまた極端なまでの自然回帰をもたらした。ゲーテはワイマール顧問官として市中の官舎のほかに川沿いのガーデンハウスを拝領し、おりおりそこで夜明しをしたようだが、時代の考え方に忠実に従ったまでである。

フイゴを押したり、フラスコを振りまわすのには飽いたが、命を生み出す「微妙な一点」には、その後もくり返しもどってきた。三十代から四十代にかけてのゲーテは、顕微鏡を買いこんで繊毛虫類の生態を観察していた。かぎりなく命の素に近い生物とみたからだろう。発生から消滅までの変化を丹念にスケッチしている。つりがね虫のスケッチもした。レンズを通してあらわれた形態の不思議さに舌を巻いた。

一七七〇年八月二十六日付の手紙の草稿がのこっている。フランクフルトのスザンナ叔母に宛てたもの。

「明後日はぼくの誕生日です」

そんな書き出し。このころゲーテはシュトラスブルクに遊学していた。ライプツィヒのころとはちがって、法学の勉強に身を入れている。二十一歳の誕生日を迎えるにあたり、病床で苦しんでいた十九歳のころ、さらに病み上がりの自分に錬金術をコーチしてくれた変わり者の叔母を、なつかしく思い出していたのだろう。手紙のおしまいに、「化学はいまもぼくのひそかな恋人です」と書きそえている。

逃げる男

ゲーテはベストセラー作家として登場した。『若きウェルテルの悩み』は二十五歳の作である。一七七四年のこと。この年の秋から冬にかけて、どの家の窓にも夜遅くまでローソクの明かりが見えた。一冊の本が何人もの手に渡された。一つの小説が、こんなにもてはやされたのは前代未聞のことだった。大ベストセラー、今日の言い方では「ミリオンセラー」というのにあたる。

歳の市にはウェルテルの蠟《ろう》人形があらわれた。モデルになった人物についての噂が流れ、その墓に花束をもった女たちがひきもきらずやってくる。若者たちはウェルテルのように愛したがり、娘たちはロッテのように愛されたがった。それは「ウェルテル熱」とよばれたが、まったく伝染性の熱病に似ていた。ウェルテルのようにピストルで死にたがる連中も少なくなかった。スタール夫人のいったように、ウェルテルは「絶世の美女よりもはるかに多くの男たちを殺した」のである。

　ドイツだけではない。『若きウェルテルの悩み』はすぐさま、英語、フランス語、イタリア語などに訳され、全ヨーロッパにひろまった。ナポレオンも九度読んだということだ。エジプト遠征のときにも『ウェルテル』を持っていった。ずっとのちにナポレオン軍がワイマールを通過するとき、皇帝ナポレオンはゲーテに会いたがった。文豪に敬意を表してというよりも、若いころに愛読したラブ・ロマンスの作者を、ひと目見ておきたかったらしいのだ。

　一つの小説がセンセーションをまき起こした。時の話題になり、ひろく読まれ、モデルがあれこれ取り沙汰された。主人公のまねをする者たちが続出した。ウェルテルのいで立ちとして「青い燕尾《えんび》服に黄色のチョッキと黄色のズボン」と描写されていたばかりに、そのとおりの珍妙な衣服が町々にあらわれた。はやり物におなじみの現象であって、一つの小説が大当たりして映画化されたり、テレビ番組になったりするのと同じである。コマーシャルに使われ、何かにつけて引き合いに出される。

この種のものは、いずれ季節が移るとともに消え失せる。派手な登場のわりには、あっけなく忘れられ、本は書棚の隅でホコリをかぶっているものだ。流行の服だったはずが、ふき出すように滑稽なシロモノに見え、とても恥ずかしくて着られやしない。

ところがゲーテの『ウェルテル』はそんなふうにはならなかった。ウェルテル熱が去ってもそれは読み継がれ、名作となり古典になった。世界文学のなかの唯一といっていいほどの例外である。名作ものおおかたは、世に出たときはまるきり相手にされず、きれいさっぱり無視されたり、せせら笑われた。作者がさびしく死んだのちに、ようやく評価がはじまった。

ゲーテの場合は、なんとも風変わりである。ウェルテル人形や、ウェルテル服は、そのうちさっさと捨てられたが、作品は後世にのこった。世界中の言葉に訳されたし、いまなおくり返し訳されている。たとえ古典の悲劇が、名のみ高くて中身は読まれないとしても、『若きウェルテル』は押しも押されもしない古典になった。恋愛小説をめぐるアンケートに、ときおりあげられているところをみると、それなりにいまも読まれているのだろう。この点でも珍しい例外といわなくてはならない。

しきりにモデルが取り沙汰されたのは、つまりはこれがモデル小説であったからだ。小説は二部構成になっていて、半分はゲーテ自身がモデルである。のこりの半分は友人、知人が使われた。恋の悩みからピストル自殺をしたのがいて、ゲーテはちゃっかりそれをとり入れた。

第一部はウェルテルが友人ヴィルヘルムに宛てて書いた報告のかたちになっている。その大部分はゲーテが実際に妹や友人に宛てて書いたものだ。小説ではウェルテルが、五月のある日、ふとしたことからロッテを知った。ロッテには婚約者がいたが、そのときは不在で七月末に帰ってくる。その婚約者アルベルトはべつに嫉妬など抱かず、むしろロッテが他の男の注目をあびるのをよろこんでいた。

ウェルテルは、そのまま町にいつづける。恋愛感情が高まって、このままではひと波瀾《はらん》が起こりかねないと気がつくのが九月のこと。九月十日、ロッテのいる町をはなれた。手紙というものは、はなれてからはじめて書かれるものだから。小説の出だしは恋人のもとからはなれてきたことの報告からはじまっている。

「はなれてきて、よろこんでいる。友よ、人の心というものは奇妙なものだ。こんなにもいとしんで、とてもはなれられないと思っていたのに、そのもとをはなれて、それをよろこんでいるのだからね」

回想に入って五月にもどり、ロッテとのことが語られた。つづいて第二部、せっかく

「はなれて」きたというのに、ウェルテルには何もかもがうまくいかない。公使のもとで役人になったが、まわりにいるのは高慢ちきな貴族と俗物ばかり。年が明けた二月、アルベルトとロッテの結婚の通知がくる。翌三月、ウェルテルは社交の場で貴族から侮辱を受け、憤然として職を辞した。不遇の身になってみると、前年のことが夢のように美しい時に思われる。いまいちどの友情をもとめてロッテのところにもどってくると、案に相違してアルベルトはみるからにイヤな顔をした。多忙を口実に会いたがらない。嫉妬心もみせる。いまや人妻のロッテには、のべつ独身男に訪ねられるのは迷惑だ。ある日、遠慮がちに、しばらく来ないでほしいといった――。

すべてに絶望したウェルテルがピストルで自殺をする。死んだ当人が手紙は書けないから、ことの次第が、編者から読者へというかたちで補われている。

以上が小説の経過である。現実の経過は、つぎのとおり。

一七七二年五月、ゲーテはヴェツラーという小さな町にやってきた。前年、シュトラスブルク大学法学部を卒業。ヴェッラーの帝国高等法院で司法修習生としての実習をするためだった。

六月九日、シャルロッテ・ブーフを知った。小説のロッテである。婚約者はケストナーといった。

九月十一日、ロッテへの愛の危険をさとって逃走。

翌年四月、ロッテとケストナーの結婚式。ゲーテは招かれたが出席しなかった。

ここまでは、ほぼ小説と同じであるが、以後はまるきりちがう。ゲーテはウェルテルのように、めめしく新婚夫婦のまわりに立ちあらわれたりはしなかった。小説のウェルテルが自殺をするころ、ゲーテは友人ラヴァーターやバセドウとつれだち、ラーン川下りの旅に出た。途中の町で講演をする。いきあわせた居酒屋で大騒ぎをした。小説『若きウェルテルの悩み』が出た矢先で、きまってモデルのことを訊かれたのだろう。ゲーテは『詩と真実』のなかで述べている。

「私はいつものように『ウェルテルの悩み』の真実性とロッテの住所について問いただされた」

現実のロッテと知り合ったのは、ヴェツラーの町の舞踏会のおりだった。同じく『詩と真実』にくわしく語られているが、シャルロッテは母親を亡くしたあと、子沢山な家の母親代わりをつとめ、「自分では激しい情熱をそそぎこまないまでも、誰にでも好かれるような女性の一人」だったという。すぐに思い浮かぶのだが、家庭的で、地味な、ごくおとなしいタイプだったのだろう。

はじめのころ、ゲーテはロッテに婚約者がいることを知らなかった。ロッテがそのことをいわなかったからだ。そのうちに知ってショックを受ける。それはロッテにも試煉《しれん》だったようだが、『詩と真実』の語るところでは「家庭的幸福」を期待する点からも、ケストナーへの心はゆるがない。

いわば信頼にみちた三角関係がひと夏つづいた。小説のウェルテルは「愛する人たちの幸福を完成させるため」、さらには「追い立てられる前に自分から去ること」を決意して、最後の夜に、それとなく別れを告げた。何も知らないロッテの手に口づけした。

「また会えるとも。きっと見つかる。たとえ姿が変わっても、すぐに見わけがつくものだからね」

別れの言葉は、こうだった。

「遠くへ行く。よろこんで行くんだ。それが永久というのだとつらいけどね。さよなら、ロッテ」

このウェルテルは現実のゲーテでもある。彼はまさにこのようにして、相手にさとられないままに恋人と別れた。九月十一日の朝、ひそかにヴェツラーを立ち去った。

翌年四月にロッテとケストナーが結婚したことは、先に述べたとおり。ついてはゲーテの知人にカール・ヴィルヘルム・イェルーザレムという人物がいた。ヴェツラーにいたとき公使づきの書記官をしており、食事をともにしたこともある。ウェルテルの「青い燕尾服に黄色のチョッキと黄色のズボン」は、この書記官愛用の服だったというから、多少とも変わり者の、めだちたがりだったのかもしれない。副公使とうまくいかず、貴族に侮辱されたエピソードがあり、また人妻に対する見込みのない恋愛に悩んでいた。そんなことから絶望して、この年の十月にピストル自殺をとげた。

さらにもう一つ、ヴェツラーからの帰りにゲーテはゾフィー・フォン・ラロシュという貴族夫人のところに立ち寄った際、その家の娘マキシミリアーネがフランクフルトの商人ブレンターノの後妻として迎えられたことを聞かされた。フランクフルトはゲーテの郷里であって、商人のこともよく知っていた。いたってがさつな、商売にしか目のない中年男である。その五人の子持ちのやもめ男のもとへ、教養ゆたかな娘が嫁いだ。

フランクフルトに帰るやいなや、彼女を慰めるつもりでゲーテがいそいそと訪ねていったところ、中年男はみるからにイヤな顔をした。マキシミリアーネも格別うれしそうではない。むしろ迷惑そうにした。小説第二部の下地といったものがここにできた。形をとったのが二年後の四月である。草稿をいま一度書き直して、九月に出版。たちまち世紀のベストセラーになった。

『若きウェルテルの悩み』を読むと、すぐに気がつくが、主人公は、なんとも歯がゆい男である。チャンスがあっても何もしない。甘えん坊で、すぐに泣きごとをいい、たえず自分を意識していて用心深い。

ロッテはべつに彼を嫌っていたわけではないだろう。それどころか、あきらかに気があった。心が揺れていた。夢見がちな青年のその夢に惹《ひ》かれた。だからこそ、男が何かしてくれるのを待っていた。ウェルテルからの行動を期待して待機していた。それは当時の女としては精一杯の行動だった。

ロッテはウェルテルとともに二人だけで一つの部屋にいた。それも三十分は誰もやってこないことを知りながら、ウェルテルがそばにいるのを拒まなかった。当時の女のたしなみとして、それはすこぶる大胆不敵な行為だった。

一度きりの偶然ではなかったのである。ウェルテルは何度となく、そんな機会に恵まれた。何度も同じような状況になった。ロッテと二人きりで公園にいたし、小部屋にもいた。そのような状況に陥ることを、ロッテが厭《いと》わなかったからである。避けるための用心をしなかった。それもまた当時の女としては破天荒のことだった。大胆で、勇気のいる行動だった。

ウェルテルがそれを知らなかったわけではない。婚約者のいる女が、急速に自分に心を寄せてくる。それをはっきりと感じていた。しかし、彼は何もしなかった。何一つ行動を起こさなかった。彼がしたことといえば、決断すべきときに、あわてて逃げ出したことだけである。「安全圏」に出て、ただ遠くからながめていた。

作者ゲーテがたどったのと、まさに同じコースである。実際、ゲーテはいつも逃げた。女性とのかかわりが切迫してきて、決断へと踏みきる手前で逃走した。ライプツィヒの学生のときに知り合ったケートヒェンからも、ゼーゼンハイムの牧師館の娘フリーデリケからも、ことが現実的なけはいを見せだすと逃げ出した。リリーとの婚約を、これといった理由もなしに解消した。いや、理由がなかったわけではない。婚約に引きつづくはずの事柄という理由があった。恋愛の延長の婚約までは許せるが、婚約の延長の結婚は我慢がならない。

ある男性と婚約中のミラノ女に恋をした。彼女が婚約を解消してゲーテを待ったとき、彼はもはや来なかった。

男女のかかわりをめぐってゲーテが良好な関係を維持したのはシュタイン夫人とクリスティアーネの場合だけである。シュタイン夫人には夫と七人の子供がいた。それでも多少は不穏な空気の流れる時期があったのだろう。そのとき、ゲーテはイタリアへ逃げ出した。いろいろな理由あってのひそかな旅立ちであれ、シュタイン夫人からの逃走が理由の一つであったことはたしかである。

ワイマールの町娘のクリスティアーネには結婚の危険がなかった。――彼女とは同棲していたのだから。ともに暮らしても籍は入れない。生まれ育ちや教養からも、およそ不つり合いな二人だった。当時の常識からすると、クリスティアーネはワイマール公国顧問官ゲーテ閣下の家政婦にはふさわしくても、妻となるべき人ではなかった。当人もそのことをわかっていたので、妻の座を強要しなかった。誰よりもゲーテ自身、そのことをよく知っていた。だからこそ平然として、ともに住んでも籍は入れない。フランクフルトの誇り高いゲーテ家の人々にも、それは当然のことだったようで、ゲーテの母親はクリスティアーネを、息子の「寝間のお友達」とはいっても嫁とは呼ばなかった。

ゲーテがクリスティアーネを妻にしたのは、ようやく五十七歳になってからである。一八〇六年十月、イェーナの合戦があった。つづいてナポレオン軍がワイマールに入ってきた。混乱のさなかにゲーテが危険なめにあった際、クリスティアーネが身を挺して救い出した。十月十九日、クリスティアーネと正式に結婚した。

『若きウェルテルの悩み』が大ベストセラーになったのには、むろん、語り口のうまさがあずかっていた。この小説は書簡体というスタイルをとっている。おりしも手紙が新しいメディアとして晴れやかに登場した時代である。国境をこえて郵便馬車網が整備されていった。どの国も郵便事業がなかなかワリのいい商売であることに気がついて、力を入れてきた。出した手紙が、ほぼ確実に相手に届く。ゲーテの同時代人モーツァルトに膨大な書簡集があるのはよく知られているが、手紙を書くためには遠方に出なくてはならない。その点、神童モーツァルトは幼いころからヨーロッパ中を旅してまわっていたので、またとない手紙の書き手になった。

時代の絵画が愛好したテーマだが、父親が手紙をひろげ、家族全員がまわりからのぞきこんでいる。手紙は当時、「魂のメッセンジャー」などと称されたものだが、ゲーテは巧みにメッセンジャーを走らせた。手紙だけでつくられた小説は、仮にいまの言葉に置き直せば最新のパソコン小説といったものにあたるだろう。スタイルからも『ウェルテル』はベストセラーになるための条件をそなえていた。

さらにもう一つの条件がなかっただろうか。いわば「不幸な恋」の発見である。ウェルテルは恋をしても結婚の見込みがなかった。ロッテには婚約者がいたし、それに彼女は何よりも「家庭的幸福」を大切にするタイプだった。しょせんは不幸な恋に終わるしかない。

しかし、幸福な恋が必ずしも幸福でないことも、これ以上ないほどの事実なのだ。それは遅かれ早かれ、つぎの一歩を迫るだろう。結婚し、家庭をもつ。固定し、閉じこめ、封じこめる。そのための生活を強いる。

いっぽう、不幸な恋はなんと幸福なことだろう。それは瞬間の情熱に尽くされる。せいぜい、ひと夏に終始する。秋がくれば、甘美な思い出として、何度となく思い出すよすがになるだけ。情熱のひとときを噛みしめ、くり返し反芻《はんすう》していいのである。

『若きウェルテルの悩み』が大ベストセラーにして、なおかつ古典になったのは、そこにはっきりと一つの愛の形式が提出されていたせいである。つまりは不幸な恋の発見であって、愛の浄化と救済にあたり、不幸な恋が幸福な恋以上に大きな力をもっている。

その発見を、誰よりもみごとに活用したのは、当の発見者だった。それが証拠にウェルテルはピストルで自殺をしたが、ゲーテは八十三歳まで生きた。ウェルテル熱にうかされてピストルをとりあげるなど、早トチリの連中だったといわなくてはならない。慎重な男はピストルではなくペンをとりあげる。そして別れの手紙を書く。

原理的に不幸な恋は、実をいうと、愛し合う二人にとっても幸せである。双方がひそかに、不幸な恋を、たのしく思い出すことができる。不幸な恋の恋人は、幸福な恋の恋人とはちがって、ジャガイモを煮たり下着をつくろったりしない。ロッテは、はたして不幸であったか。第二部でウェルテルがもどってさえこなければ、ロッテもまた遠くに離れていった恋人を、たのしく思い返していたにちがいないのだ。その永遠の恋人ばかりは、ベッドでいぎたなく眠りこけたり、年とともに下腹がぶざまにせり出したりしないのである。

ヨハーン三兄弟

いわばドイツの歌謡曲である。単純なメロディーでバラード風に歌っていく。旅や女をめぐるものが多い。同じメロディーにいくつもの歌詞があるのは、あとから替え歌としてつけ加わったからだ。たいていは酒場の余興であって、だから作者がわからない。おわりのひとふしごとに、みんなで手をたたいて賑やかに合唱する。

そんな一つに「宿屋の女あるじ」がある。旅の途中でいき合わせた宿に小粋なおかみさんがいた——。そんな歌い出し。ドイツのいたるところで歌われてきたようで、調査によると、ちがった歌詞が七百五十あまりもあるそうだ。たしかに、どんなふうにもつくれる。

淡い恋心を抱いたまま去っていってもいいし、とんまな亭主の目を盗んで、一夜の秘めごとに発展してもいい。切ないエレジーにもなれば、卑猥《ひわい》なバレ歌にしたてることもできる。そんなにどっさり歌詞があるのに、宿屋のあるところだけは、どれも判で捺《お》したようにきまっている。ラーン河畔である。

ラーン川のほとりに一つの宿屋があった
旅人たちのお休みどころ
女あるじが暖炉のそばに坐ってござる……

まあ、こんなぐあいだ。
どうしていつも「ラーン河畔の宿屋」なのだろう？　ラーン川はライン河の支流の一つで、フランクフルトの北西を流れ、コブレンツの手前でライン河に注いでいる。ごく小さい川だ。
これについてもやはり調べた人がいて、その報告によると、ラーン川とライン河の合流点の町ラーンシュタインが、そもそものはじまりだそうだ。合流点にはきっと河川運行の税関があって、通行税を召しあげた。一六九七年のことだというが、バルタザール・カルクオーフェンという男が、川のほとりの税関の建物を買いとって居酒屋兼宿屋をはじめた。夫の死後、カタリーナというおかみさんが店をつづけた。このカタリーナこそ問題の「女あるじ」だというのだ。

「七月半ばに出発の準備をはじめ、数日後、おなじみの友人二人と、非常に快適な舟旅でラーン川を下っていった」

ゲーテは自伝的な『詩と真実』のなかで、このときの川下りをくわしく語っている。正確にいうと一七七四年七月十八日のこと。ときにゲーテ、二十五歳。コブレンツの手前で舟を降りて、「ラーン河畔の宿屋」に向かった。

「おなじみの友人二人」とあるのは、それまでにも、いろいろと語られてきたからだ。一人はヨハーン・カスパール・ラヴァーターといって、哲学・神学からはじめ、のちにフィジオグノミー（骨相学）という顔の学問をつくり出した。ゲーテより八つ年長で、このとき三十三歳。

いま一人はヨハーン・ベルンハルト・バセドウといって、尖鋭な教育学者として知られていた。ゲーテより二十五歳年長で、このとき五十歳。三人目がヨハーン・ヴォルフガング・ゲーテだから「ヨハーン三兄弟」ということになる。

当時、そんな旅の仕方があったらしい。ゲーテは『若きウェルテルの悩み』で売り出したばかりの新進作家だった。ラヴァーターは神学、バセドウは教育学、それぞれの得意ダネを看板にして町を廻っていく。宿屋を会場にして講演会をひらいたり、相談に応じたりする。礼金を宿屋と折半する。なかなか結構な実入りになった。運がいいと学問好きの公爵などと縁ができて、つぎの著書の出版費を引き受けてもらえたりする。

ラーン河畔の宿屋は昼食のために立ち寄っただけだった。おさだまりの定食で、ベーコンつきの煮豆とビール。そのころすでに「女あるじ」の歌はひろく知られていたのだろう。その日、コブレンツで講演会の予定があったのに、わざわざ一つ手前のラーンシュタインで舟を降りたのは、歌のモデルの宿をこの目で見たかったせいらしい。

新進文士と知って宿屋の者がたのんだのか、ゲーテはさっそく替え歌をつくった。できがよくないのであまり歌われなかったようだが、記録にはのこっている。

女あるじに息子がおった
背中がグニャリと曲がっておった
ピンとのばしてやろうじゃないか
すっくとのびたが――残念無念
すぐにまたへし折れおった

とりようによれば卑猥な意味もありそうだ。いかにも客気あふれた二十五歳の青年がひねり出しそうな作である。

コブレンツの宿に着いてからつくった一つは、ゲーテ自身も気に入ったのだろう。わざわざ『詩と真実』に引用している。

ラヴァーターとバセドウの
まん中に坐ってご満悦
右に予言者、左に予言者
俗世の子どもはまん中に

『詩と真実』は、フランクフルトにおける誕生から二十六歳でワイマール公国に赴任するまでの半生を語っている。六十代はじめにとりかかり、二十年あまりにわたって書き継いだ。標題をそのまま訳すと『わたしの生涯からの詩と真実』となる。老年になって自分の生い立ちをつづるとすると、思い出したくないことはすっとばしたり、つい美しく変造したりするものだ。期せずして真実を押しのけ「詩」がまじりこむ。ゲーテは回想の甘さと危険をよく知っていた。先まわりして、みずからに警告するようなタイトルをつけた。ながながと書き継ぐなかで、何度となく訂正したり加筆したにちがいない。それにしても驚くべき記憶力である。もちのいい頭で、克明に憶えていた。

一七六四年、フランクフルトでドイツ選帝侯会議が開かれた。有力諸侯が集まって、神聖ローマ皇帝を選挙する。晴れの儀式にあたり、選帝侯がつぎつぎとフランクフルトへ入城してきた。十五歳の少年は、好奇心のかたまりのようになって、きらびやかな行列を追っかけていたのだろう。君主の威容、お供の者たちのいで立ち、黒いビロードと襟飾り、金糸銀糸の縫いとりから袖の縫い目のぐあいまでも、あまさず目の底にのこしていた。さらにまたゲーテは、鐘楼の鐘が鳴りひびいたとき、通りを埋めた大群衆が一瞬しずまり返ったこと、その際に覚えた戦慄《せんりつ》にも似た全身のおののきを昨日のことのように語っている。

ラーン川下りの同行者のことを書くにあたり、少なからず心づかいをしただろう。ゲーテが『詩と真実』のペンをとったころ、二人はともに世を去っていた。バセドウは一七九〇年、ラヴァーターは一八〇一年に死んでいる。死者に対して礼を失してはならない。生きのこった者の特権を濫用するのは見苦しい。と同時に真実を曲げてはならない。

なんとも奇妙な「ヨハーン三兄弟」というものだった。まん中のヨハーンをはさんで、同行の二人が対蹠《たいしょ》的ともいえるほどちがうのだ。友人ラヴァーターがうちたてた「骨相学」を援用するようにして、ゲーテは二人のちがいを書いている。

ラヴァーターは丸顔で明るいが、バセドウは「すべてをまん中に寄せ集めた」ような顔で、印象が険しい。

ラヴァーターの目は、まぶたが大きくて、目もまた大きいが、バセドウの目は凹《へこ》んでいて小さい。

ラヴァーターの眉はのんびりした八の字型だが、バセドウはもじゃもじゃ眉毛で、逆立っている。

ラヴァーターの額《ひたい》は、やわらかな弓なりの髪に囲まれているが、バセドウの額は禿げあがっている。

ラヴァーターはやわらかい声で、ゆっくりしゃべる。バセドウはしゃがれ声で、まくしたてる。

ラヴァーターはゆっくり話をすすめていくが、バセドウは早口で、つぎつぎに話題をかえ、ときおり嘲弄するような笑いをまじえる。

ラヴァーターはタバコをすわない。いっぽうバセドウはパイプとタバコを併用する。そのタバコときたら、いたって安物で、臭いがひどい。「ほんの二、三服で、すぐにまわりの空気を耐えられないまでに汚してしまう」

ラヴァーターは人をからかったりしないが、バセドウは無邪気な人にたちの悪いいじめをする。

「彼は人が落ち着いているのが我慢できなかった。にやにやしながらしゃがれ声で嘲弄して挑発したり、奇問を発してとまどわせたりして、成功するとうれしげに高笑いをした」

たしかに、おりおり見かける。実力があるのに不遇だと思いこんでいる人によくあるタイプである。バセドウは聖書に対しても数々の異議があったようで、ゲーテは報告している。「彼は誰の前でも、手きびしい無責任な仕方で、三位一体が不倶戴天《ふぐたいてん》の敵であると公言し……」

こまかな解釈からはじめて、教父や公会議を槍玉にあげる。旅の途中、ゲーテもほとほと閉口したらしい。「個人的に話していて大いに悩まされた」とこぼしている。

三人旅、あるいは三人興行といったチームなので別れられない。ゲーテは人々に文学の話をした。それがベストセラー『若きウェルテルの悩み』の売り上げを促した。ラヴァーターは神学を受けもち、町々の司祭や教会関係者にアドバイスをする。バセドウは教育論をぶつ一方で、町の教師や主事たちに、諸国の新しい教育制度を紹介した。

「またわれわれはつれ立って近郊に足をのばし、名家の館、とりわけ貴婦人の邸宅をよく訪れた」

文学や神学や教育好き、それに暇をもてあました夫人や娘が待ちかまえている。ラヴァーターは顔によって性格がわかるという新しい学問を唱えはじめていたところなので、観相学上の試験をさせられたりした。ゲーテへの質問はいつもきまっている。『若きウェルテルの悩み』は本当の話なのか。ロッテは実在の人なのか。励ましの手紙を出したいから彼女の住所を教えてほしい——。

「バセドウはこの旅行のあいだ、自分の人格によって、また博愛的な計画によって人々をとらえ、その心を、いや、その財布の口をひらかせようと考えていた」

自説を支援してくれるパトロンを見つけること。ゲーテは同行の五十男のひそかな目論見を、きちんと見抜いていた。

ラヴァーターとバセドウ、この二人以上にゲーテその人がよくわかる。五十歳の教育学者と、三十三歳の神学者と、二十五歳の新進作家と、まるきりちがった三人が、まがりなりにも旅をつづけることができたのは、「俗世の子どもはまん中に」いたからだ。彼は過激な教育論者の議論に悩まされたが、「過激論をさらなる過激論でもって制圧」するすべをこころえていた。それが自分を訓練するための絶好の機会であることも知っていた。受け流したり、逃げる手はないのである。安物タバコにへきえきしながら、それを「バセドウ悪臭海綿」と名づけて博物学に分類した。

ときには意地悪をしてウップンを晴らしたこともある。七月の暑い日で、そのうえタバコの煙でバセドウは喉をからしていた。しきりにビールを飲みたがり、街道沿いに宿屋の看板が目につくと、馬車をとめるようにと馭者《ぎょしゃ》に命じた。その馬車がとまりかけると、ゲーテが大声で、「とまるな、行け」と叫ぶものだから、みすみすビール樽の前を駆け抜けてしまう。バセドウは呪い、叱りつけるがどうにもならない。そんな二人を、もう一人がながめている。「ラヴァーターは、この老いたバカ者と若いバカ者をやさしく我慢している」

その一方で、ゲーテはバセドウの美しいところもちゃんと見ていた。旅のあいだ、彼はバセドウが口述するのを筆記する役目を引き受けていたらしい。昼間のバカ騒ぎのあと、教育学者は夜ふけまできっと著述に励んだ。どんなに疲れていても口述をする。疲れはててベッドに倒れこみ、うたた寝をするあいだ、ゲーテはペンをもったまま静かに待っていた。たぶん、いたましい思いでバセドウの寝顔を見つめていたのではあるまいか。

「夢見ごこちの主人が、やがてまたその思想をほとばしらせはじめるとき、すぐ書きつづけられるように待ちかまえていた」

口述のあいだ、バセドウはひっきりなしに、いつもの安タバコをふかしていた。さぞかし部屋中にイヤな臭いが充満していただろうに、ゲーテはひとこともそれには触れていない。

夜は宿屋の広間がダンス会場になった。人気者のゲーテがいなくては、はじまらない。よびにくる人がいたのだろう。一つ踊って、階上にすっとんでいく。待ち兼ねたようにしてバセドウが話しかけ、議論をしたがった。またよび出しの使いがくる。ゲーテは踊りに下りていく。ドアが閉まりきらないうちに、バセドウが何ごともなかったように再び思考の糸を、ひとり孤独につむぎだすのをゲーテはよく知っていた。

ゲーテはよく人を見ていた。ちょっとしたしぐさ、表情、首のかしげ方、眉のひそめぐあい。気どり、強がり、はじらい、気落ち、わざとらしさ。そういったものを、さも楽しげにながめていた。十代の少年ゲーテは好奇心のかたまりになって選帝侯の行列をながめていたが、それは終生かわらない姿というものだ。イタリアに旅立ったのちのことだが、ローマに滞在中のゲーテを、友人の画家ティッシュバインが絵にしている。ズボンにシャツ姿のまま、道路に面した窓から身をのり出すようにして、通りの人々をながめている。そのじっとながめる人のうしろ姿は、ゲーテの本質をもっとも正確にとらえた肖像にちがいない。

北イタリアのガルダ湖に面した港町マルチェジーナでスパイとまちがえられたことがあ

る。湖畔の岩山にそそり立つ城が珍しくて、スケッチをとっていたのが嫌疑をかきたてた。当時、マルチェジーナ港はヴェネツィアの領有で、ヴェネツィアとオーストリアが領有権をめぐって争っており、番所に代官が詰めていた。

人々が集まってきた。ドアを背にしたゲーテと向かいあう形で、その数がしだいにふえていく。代官が書記をひきつれて駆けつけた。ゲーテはすぐさま、その代官がさして利口ではなく、書記官はきびきびしているが、応急の処置をとりかねているのを見てとった。そして、とりまいた人々も、べつに怒っているわけではなく、ただ物見高いだけだということ。

城ではなく、まわりの風景に興味をひかれたまでだと弁明してから、ゲーテは身ぶり手ぶり入りで当地の景観の美を力説した。

「ところが人々は私のほめそやした風景を背後にしていたし、かといって私に背中を向けるのも気が進まなかったようだ」

いっせいに首だけをくるりとうしろにまわした。のろまな代官も、いくらかおくれ、少々の勿体《もったい》をつけて、同じく首だけをふり向けた。その動きがゲーテにはアリスイという鳥の動作を思い出させたらしいのだ。

フランクフルト生まれのドイツ人で、オーストリア人ではないと陳述したところ、フランクフルトにいたことのあるグレゴリオという年寄りがつれてこられた。ほんとうにフランクフルト生まれなのかどうか、じいさんに尋ねさせればわかるはずだ。なんでもグレゴリオじいさんはボロンガロ商店というところに奉公していたという。

「幸い彼がいたのは私の幼いころにあたっていたので、私はそのころのことや、その後の店のことを話してきかせることができた。店の奥方の里がイタリアであることも承知している」

疑い晴れたあと、ゲーテは町の人々の歓待を受け、とっておきのぶどう山にも招待された。はしけで港を出ていくとき、グレゴリオじいさんから贈られた果物の籠がとどいていた。

災難を解決したのはゲーテの機才と魅力だが、彼はまた代官と書記官の人柄をよく見てとっていた。お人好しの代官は、スパイを引っ捕えるなどのことを好まないし、きびきびした書記官は頭のまわりが速いので、引っ捕えて報告したり、本国に護送してみてもビタ一文にもならないことを考えていた。ドアを背にして尋問を受けながら、ゲーテはちゃんとそのことを観察していた。

友人のラヴァーターは顔の研究を学問化した。その『骨相学断章』は、ラーン河畔の三人旅の翌年、一七七五年に第一巻が出て、三年がかりで四巻にまとまった。何百もの顔のシルエットを実例に掲げた大著であって、「人類愛と人間理解を促すために」という、ものものしい添え書きがついていた。いまや鼻の形や、顎《あご》の尖りぐあいによって、その人の性格から性癖までわかるわけだ。

世の中には皮肉な人がいるもので、ラヴァーターの三巻目が出たやさきに、ゲッティンゲン大学物理学教授リヒテンベルクという先生が『『骨相学断章』に寄せる論考』を発表した。はじめにシルエットでA・B二つの尻尾が掲げてあって、説明によると「力量型と英雄型」。Aは豚、Bはイギリス産番犬の尻尾だった。

パロディで笑いのめしたわけだ。べつのページには計八つの珍妙な尻尾が図で示してあって、それぞれにラヴァーターが顔の部分につけたのと同じ説明がついていた。1は理想型の純ゲルマン産、2は力よりも繊細なタイプ、3は衝動型で、いつなんどき思いがけない行動をとるかもしれない……。

ラヴァーターの著書には章ごとに目の訓練のための設問がついていた。リヒテンベルク先生も「練習問題」をつけている。

「どの尻尾がもっとも強いと思うか?」

「どれがもっとも愛らしいか?」

「どのタイプが法律家に（医者に／科学者に）ふさわしいか?」

『詩と真実』にみてとれるように、ゲーテはラヴァーターと親しかった。また彼の新しい学問を賞讃する言葉も述べた。そのせいで皮肉屋の先生にからかわれた。設問の一つは、つぎのとおり。

「ゲーテには、どの尻尾がもっとも似合うか？」

ワイマールで勤務についていたゲーテは、苦笑とともに尻尾学の問題をながめていたのではなかろうか。

顧問官の仕事

ドイツの地図でいうと右手のまん中から少し上のあたり、そこにイェーナ、ワイマール、アイゼナッハといった町が横一列に並んでいる。ゲーテが生涯の大半を公人として勤めた地域である。ひろくはチューリンゲン地方とよばれ、広大な森がつづいている。地図をよく見ると、ワイマールの近くに「ブーヘンヴァルト」の地名があるだろう。ナチスの時代に強制収容所の置かれたところで、「ブナの森」といった意味である。

首都がワイマールにあったので、一般にワイマール公国とよばれていた。ザクセン・ワイマールとも、ワイマール・アイゼナッハ公国ともいった。のちに大公国に格上げされて、ワイマール・イェーナ・アイゼナッハ大公国になった。

人口は合わせて十万。ゲーテが赴任したころの首都ワイマールは戸数七百、人口六千と記録にある。北のエルベ河にそって、ドレスデン、ライプツィヒ、マグデブルクと大きな都市が居並んでいる。その北がベルリンだ。強国ザクセンやプロイセンの首都である。これらにくらべるとワイマールは、シミのように小さな町だった。

一七七五年十一月、ワイマール着。事務手続きにてまどり、市民権を得たのは翌七六年四月である。直ちに勤めがはじまった。資格は参事官。参事会に出席し、意見を述べ、投票権をもっている。年収一二〇〇ターラー。これにイルム川沿いの官舎がついた。

領主はカール・アウグストといった。当年十八歳。母親アンナ・アマーリアが後見人として控えていた。参事会のメンバーのうち、主だった者が評議員として評議会を構成していた。重要なことは評議会が決める。六月、ゲーテは評議員に任命された。これには二〇〇ターラーの特別手当がつく。

異例の抜擢《ばってき》である。前例のない人事だった。それだけ才気を見込まれ、期待されたのだろうが、それ以上に、田舎の小さな公国であったからこそ実現したことにちがいない。当主とその母親があと押しすると、たいてい通る。ドレスデンやベルリンの宮廷では、さっそく強硬な異議が出て、即刻却下されていただろう。

チューリンゲン山地は鉱山が多い。山林と鉱山の収入が宮廷の財務のかなりを支えていた。北のエタースベルクは貝殻石灰岩層で知られていた。イルメナウの町は古くからの鉱山町だった。ところが年ごとに採掘量が低下している。

勤めにつくやいなや、ゲーテはさっそくカール・アウグスト公とともに、イルメナウへ馬を走らせた。鉱山町に滞在して調査をはじめた。どうして採掘量が低下したのか。廃鉱を復活できないか。現場の声を聞いて、手だてを考えなくてはならない。さもないと宮廷の財政が悪化するばかりだ。領主が帰ったあともゲーテは町にとどまり、鉱夫たちと会って、長老の意見を聞いた。専門家を伴って鉱山に入り、付近の地質を調べてまわった。五月というのに小雪がちらついて、ひどい天気だった。

雪と雨と
風と
谷間には霧
雲が垂れこめている

そんな詩をつくっているが、実景そのものといってよかった。この点、ゲーテは十八世紀の文人として、すこぶる異質の経歴をもっていた。山深い鉱山町や、地を這う虫のような鉱夫たちの生活を誰よりもよく知っていた。

古い町に通例だが、ワイマールでも鉄道が町はずれにある。ブラブラ歩いていくと商店街があらわれ、そこを通って町の広場へと入っていく。めだって高い建物がないせいで、空が広い。現在のワイマールもまた観光客さえいなければ、ごくもの静かな、ありきたりの田舎町である。ゲーテがいたころと、基本的にはさして変化していないのだ。

靴屋、仕立て屋、指物師、肉屋、パン屋、鍛冶屋、金銀細工師、居酒屋、宿屋……。いずれも、すでに何代にもわたり、それぞれが何らかのつながりをもっていた。理髪師は医者を兼ね、宿屋が不動産業を兼業していた。肉屋が家畜売買の仲介をする。牧畜業と肉屋と皮革屋が定まった一族で占められていた。仕立て屋と織物業と針・糸店を、同族の家が一手にとりもっていた。姓もまたシュナイダー（仕立て屋）である。ミュラーは「水車小屋の持主」といった意味だが、粉ひき業はパンの種を握っている。水利権をもち、町の顔役というものだ。水車小屋の娘に恋ごころを伝える歌がどっさりあるのは、その町きってのお嬢さんであったせいだろう。

ビールやぶどう酒の醸造業と樽屋と酒屋とガラス壜《びん》の商人とは、たいてい同じ家系にひきつがれていた。酒税や水利権は定期的に更新される。料金改定はワイマール評議会の重要な議題だった。時代の変化につれて、少しずつ新しい職種が生まれてくる。そのたびに開業許可願を当局に提出する。登録料が必要だ。

その他、出生、結婚、代がわり、死亡、相続などにも、いちいち届け出て、しかるべき登録料を支払った。その種の税率や料金は評議会が審議した。

町の通りは大半がまだ舗装されていなくて土の道だった。雨がつづくと馬車が泥をはねあげる。夏には土ぼこりを巻きあげた。街灯はほんの少ししかなく、それも経費削減のために灯されることがほとんどなかった。夜はまっ暗になる。真の闇につつまれる。ゲーテは詩「魔王」のなかで、闇夜に馬を走らせていて、闇の王に、やにわにうしろから襲われた親子の顚末《てんまつ》を語っているが、暗い夜が生み出した幻想というものだ。

町の中に水路と溝が走っていて、イルム川の水が引きこんであった。蓋《ふた》がないので、いくら禁じてもゴミを捨てる不届き者がいる。ゴミがつまるとネズミが繁殖する。ペストやコレラ菌を運び、ひとたび流行すると死の町になりかねない。「ハーメルンのネズミ取り男」の伝説は有名だが、ハーメルンにかぎらず、ワイマールにも季節ごとにネズミ取りの渡り職人がやってきた。ハーメルンの昔ばなしでは、いろんな色の布を縫い合わせた服を着ていたというが、多少とも珍妙ないで立ちをしていたらしい。

関連した職種が同じ一族で占められているので、たとえば穀物が不作になると、パンが一挙に消え失せて、法外な値上りをする。ゲーテが勤めをはじめる数年前のことだが、一七七〇年から七二年にかけて、天候不順のため、全ドイツが飢饉《ききん》に陥《おちい》った。粉屋や水車小屋による穀物の買占めと隠匿が横行した。ゲーテはそのことをよく覚えていた。行政にたずさわるやいなや農夫に、小麦からジャガイモへの転作を奨励した。ワイマール地方にも、この世紀の半ばごろにジャガイモがお目見えしていた。しかし保存の点でままならないので、農夫はつくりたがらない。「ジャガイモ転作奨励金の件」もまた評議会の重要な議題の一つだった。

飲み水は泉水によった。水路で屋敷に水を引き入れているのは、ほんの限られた貴族だけで、大半の家が水桶で汲みにくる。

ゴミと糞尿《ふんにょう》の処理が大きな問題だった。「ワイマール週刊新聞」といって、官報のような新聞が出ていた。町で唯一のジャーナリズムである。そこに毎週のように、定められた日と定められた場所以外にゴミを捨てると罰金に処す旨の記事がみえる。つまり、みさかいなく捨てる者がいたからだ。

一七七四年の同紙に、領主後見人アンナ・アマーリアの名前でつぎの公示が出ている。

「夜十一時以後、便器の中身を通りに捨てることを禁じる」

たいていの人が夜は部屋の便器や尿瓶《しびん》で用をたした。それを窓から通りに捨てる。「夜十一時以後」というのがわかりにくいが、昼間なら放し飼いの豚が糞を食べた。掃除人もいる。夜に捨てられると、むせるような糞尿の臭いで朝を迎えなくてはならなかったからだろうか。全面的に禁止されたのは一七九三年のことである。ゲーテはこのころ、行政官としての地位を昇りつめ、枢密《すうみつ》顧問官であり、「文人宰相」とよばれていた。首都の名誉にかかわる「糞尿投げ捨て禁止の件」の採決をとり、そのあと公示の書類に、いつもの美しい筆跡で署名した。

ワイマールに赴任して四年目、ゲーテは道路工事主任に任じられた。中世以来の狭い小路や曲がった通りを改め、広場を中心とする構造につくりかえる。ゲーテはいつもの流儀で専門家を求め、フランス人技師ジャン・カストロプに白羽の矢を立てた。三顧の礼で招いて、大通り、遊歩道、舗装の青写真をつくらせ、新しい町づくりにとりかかったが、遅々としてすすまない。通りを広げるためには多くの家が立ちのかなくてはならず、補償が膨大な額にのぼる。乏しい財政をやりくりして、少しずつやっていくしかない。

ゲーテには道路のことがたえず気にかかっていたようだ。七年後、偽名をつかってまでイタリアへ出奔する際、同僚の評議員にイェーナ街道の整備のこと、また湿地帯の用地確保のことをいいのこしている。

同じくワイマールでの任務の一つに軍事顧問があった。小さいながら、ワイマール公国は自前の軍隊をもっており、評議員が監督をする。軍隊の衣服や食糧、宿舎の面倒をみる。軍隊幼年学校の入学式には、武人としての心得の訓辞をする。

一七八二年、三十三歳のとき、ゲーテは財務顧問官になった。税務署長兼財政局長といった任務にあたる。宮廷の金庫は年ごとに逼迫《ひっぱく》しており、新しい財源を見つけないと、いずれは財政が破綻する。商業界は何代にもわたる家父長的な人々に握られていて増税がままならない。その一方で新しい町づくりのために出費がとめどなく増大していく。

さしあたりの頼りはイルメナウ鉱山の再開だった。二年後にゲーテが鉱山町の税務署長を買って出たのは、再開にともなう税制を改めるためだった。一七八五年、新しい鉱山税をまとめあげた。

文人行政官は、むろん、ワイマール宮廷劇場の監督でもあった。台本を書き、演出して、ときにはみずから出演する。「タッソー」や「タウリスのイフィゲーニェ」といったゲーテの劇作は宮廷劇場のために書いたものだが、人々はいつもおごそかな歴史劇を願っているわけではない。それよりも腹をかかえて笑ったり、一夜のおたのしみになるような軽いのがいい。

三十代のゲーテは歌謡劇といわれるものをどっさり書いている。狂言、あるいは軽喜劇といったもので、そんな一つの「イエリーとペテリー」では、兵隊あがりの若者が舞台で歌った。

女がひとりと酒が一本
これで薬や医者いらず
酒を飲まないキスもなし
そんな野郎は死体と同じ

観客はやんやの拍手をしたにちがいない。

べつのシーンでは同じ人物が、怠け者の羊飼いの役まわりで歌をうたう。羊と同じで、好きな人といっしょにいると、「同じことばかりしているので、ねむくてたまらない」というのだが、精力絶倫の喩《たと》えにつかわれる羊にかけて、くすぐりが入れてある。

劇場監督は出し物の人気や客の入りぐあいを考えなくてはならない。古い劇場を建てかえて、新しい宮廷劇場をもくろんでいただけに、客が押しかけるようでなくてはならない。そのためには、一夜かぎりの喜劇をいろいろと用意しておいた。

文人宰相は人事権をもっていた。友人のヘルダーを招いてワイマール地区新教総監督の地位に据えた。おごそかな名前のわりに俸給は少ないが、一人の文人の食いぶちにはなる。宮廷劇場スタッフの人選は、とりわけ楽しい仕事だった。シラーの困窮を知って、座付き顧問に招聘《しょうへい》した。イェーナ大学の評議員になってからは、大学人事に熱情を燃やした。人事権が何よりも人心を掌握することを、彼はよく知っていた。

年俸というのは、いちど決まると、なかなか上がらなかったものらしい。当初の一二〇〇ターラーのままで、二度ばかりの増額があったにすぎない。フランス革命のあと、全ヨーロッパをインフレがみまい、金銭価値が三分の一までに下落した。

ゲーテは日ごろ、ごくつましい生活をしていた。生前つくられた彫像の一つは、身につけたフロックコートが左前になっている。ボタンのつくところが反対だ。彫刻家がまちがえたとされているが、私はそうは思わない。以前、人々がよくしたように、色がはげると、仕立て屋にたのんで服を裏返しにしてもらう、色ぐあいは新着だが、ボタン穴はかえられない。

ゲーテもまた着古したフロックを裏返しにして、二度目のつとめをさせていたのではなかろうか。

イタリア逃亡

ある日、ゲーテがいなくなった。ワイマールの町から消え失せた。

はじめは夏の避暑に出かけたといわれていた。毎年七月から八月にかけて、宮廷の主だった面々はボヘミアの保養地カールスバートへ行く。あるいはマリーエンバートで過ごす。

一七八六年八月、ゲーテはカールスバートにいた。アウグスト公も滞在中で、二十八日のゲーテ三十七歳の誕生日を、ともに祝ったばかりだった。

九月になって早々に姿が消えた。ワイマールにも帰っていない。居所が知れない。行先がわからない。みんなで手をつくして探したところ、三日の早朝、まだ暗いうちに郵便馬

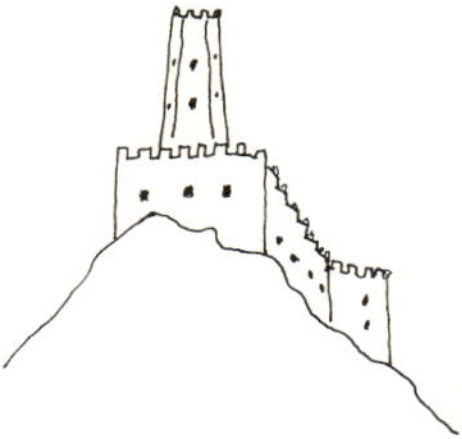

車に乗り込んだ男がいる。どうやらそれがゲーテらしい。しかし、馬車の予約には、見知らぬ名が記してあって、職業は「商人」とある。

当時、ゲーテはワイマール公国最高顧問官の地位にあった。小なりとはいえ一国の宰相にもあたる人物が、行先をだれにも告げず、偽名をつかって旅立った。ずっとのちに『イタリア紀行』を書いたとき、当人がはじめに弁明している。

「九月三日朝三時、私はこっそりカールスバートを抜け出した。そうでもしなければ、とても旅に出られそうになかったからである」

アウグスト公やシュタイン夫人にひきとめられるにちがいないからだというのだが、これは表向きのいいわけであって、つづいて本当の理由を述べている。

「それ以上、この地に長居をするわけにいかなかった」

商人というふれこみなので、荷物はトランクと穴熊革のカバンが一つきり。九月になるとボヘミアの野は深い霧につつまれる。郵便馬車は霧をつっきるようにして南へ進む。七時すぎ、あたりが明るくなってきた。上空の雲が羊毛のような縞《しま》模様をえがいていた。ゲーテにはそれが、これからの旅を占う吉兆のように思えた。

ちょうどこのころ、ゲーテの同時代人シラーは、スイスにつたわる伝説の英雄についての戯曲を思案していた。よく知られたことであるが、名作『ウィリアム・テル』の作者シラーは、いちどもスイスへ行ったことがない。スイスの地図や、現在の写真にあたる風俗画と、ほんの少しの資料をたよりに、スイスの町と人とを芝居にしたてた。『ウィリアム・テル』には、いかにもあざやかにスイス人の生態がとりこまれている。風土や風習だけではなく、登場人物の姿かたちから語り口にいたるまで正確に描写されている。『スイス案内』といった本が、ついうっかり引用してしまうほどである。

想像力と体験といったテーマで議論をするのにうってつけのケースだが、シラーにとっては、おそらく議論の余地などなかっただろう。スイスとスイス人を言うために現実のスイスを必要としなかった。むしろ、あれほど正確にスイスをえがくことができたのは、あるがままのスイスを見たことがなかったからだ。もし彼がスイスの山や谷をめぐり、旅先の宿で黒パンをかじるなどしていたら、単に疲れはて、途方にくれただけだったろう。とりとめのない、矛盾し合った印象によって、明快で力づよい内的イメージをかき乱された。

いっぽう、ゲーテが、「テル伝説」をとりあげようと思い立ったら、むろん彼はまずスイスへ出かけた。伝説発祥の村だけでなく、スイス全土をくまなくまわった。父親が息子の頭の上のリンゴを射落とすなどのことが本当にあったのか。もし現にあったことだとすると、それははたして赤いリンゴだったのか、それともまだ青かったか。さらにそのころ、どんな弓矢が使われていたものか――。

ゲーテは丹念に調べたはずだ。町や村々、また人々をながめ、具体的なスイス体験をかさねたのち、そのうえでやおらペンをとった。

『イタリア紀行』は冒頭の釈明のあと、すぐさまこまかい報告に入っていく。郵便馬車は一路南下して、昼すぎには、はやくもバイエルン王国に入っていた。

「まず目につくのはヴァルトザッセンの修道院である」

すり鉢状の地形にあって、ゆるやかな丘陵がつづいている。ゲーテは馬車の窓から注意深くながめていた。駅亭にとまるたびに近くを歩きまわった。草地の地質は粘板岩《ねんばんがん》のくずれたもので、石英がまじっている。つづいてそれが花崗岩質に変化した。街道をひらくには、この地質の地帯を選ぶのがいい。分解した花崗岩は硅石《けいせき》や礬土《ばんど》からできており、地面を固くするとともに粘着材ともなって路面を平滑にする。

九月四日、朝十時、レーゲンスブルク着。二十四マイル半の道を三十一時間で通過。レーゲンスブルクの教会や堂塔、その他の建物を見てまわって、ゲーテは気がついた。

「ここでは異様な石が建築用材として使用されている」

みたところロートリーゲンデスとよばれている石材のようだが、しかし、実はもっと古い岩で斑岩の種類と考えるべきものである。薄緑をおび、石英もまじって、多孔性で、孔のなかに硬質の碧玉《へきぎょく》が混入しているらしく、小さな丸い斑点がのぞいている。「……この石片が採取できれば研究に役立つし、まさに垂涎《すいぜん》ものであるが、なにしろ硬くて重いので、このたびは石を集めないことに心を決めた」

　わざわざ自分にいい聞かせるように書いているのは、採取したくてたまらなかったせいだろう。実際にいくつかひろってきて、いちどはトランクに詰めたのではあるまいか。しかしながら長い旅がはじまったばかりなのだ。このあとイタリア滞在は一年九ヵ月に及んだ。まだその二日目であって、石を詰めたトランクを担ぎきれるわけはないのだ。そう思い返して、ゲーテは泣く泣く石を捨てた。

　ワイマールのゲーテの家は、現在はゲーテ博物館になっている。その一室に特製の戸棚があって、無数の石が収めてある。旅のはじめに決心したにもかかわらず、彼がどっさり石や岩をもち帰ったことはあきらかだ。

　九月十一日、ブレンナー峠を越えて、待望のイタリアに入った。ゲーテはさぞかし目を皿のようにしてながめていたのだろう。谷間の土質、また植えつけてある植物のこと。ぶどう、とうもろこし、桑、リンゴ、ナシ、マルメロ、クルミ。石垣ごとにニワトコの枝がのび、キヅタが岩を覆ってひろがっていた。「――と思うと、そのあいだをトカゲがすり抜けていく」と書いているから、キヅタに顔をくっつけるようにして見つめていたのだ。

　男女の衣服、市場から引かれていく牛、荷を背にしたロバ、日が沈むと啼きはじめたコオロギ。ガルダ湖畔の宿で食べたマス料理。港の塔を写生していて、スパイとまちがえられたこと。女たちをながめていて、ゲーテはまた気がついた。顔は褐色がかっているのに蒼白い。子供たちも同じような顔色をしている。とりわけ女や子供は、もっぱら、とうもろこしやソバを食べている。どちらも挽《ひ》いた粉をゆで、どろどろの粥《かゆ》にする。これがいけない。ドイツ人なら粉をこね、バターで焼き、チーズを塗るだろう。さらに肉を食べる。イタリア人はそれをしない。だから栄養不良を呈してくる。ゲーテはイタリア人の偏食ぶりを見逃さない。

『イタリア紀行』には「イタリアとドイツとの時計、およびイタリアの指針の比較図形」というのが挿入されている。土地の習わしにまごつかないように、ゲーテが考案したもので、時間の換算早見表といったものだ。

以下、ゲーテの説明をかいつまんで掲げると、いちばん中の環は、ドイツにおける夜中から夜中までの二十四時間をあらわしており、昼夜十二時間ずつ二つに分かれる。二番目の環は旅先で鳴る鐘の音で、これは九月後半の時点のもの。同じように十二時までが二つで二十四時間。ドイツで八時を打つときに一時を打つというぐあいで、以下、正十二時にいたり、さらにドイツの指針が朝八時のときは一時を打つというふうにつづいていく。いちばん外側の環は、実生活上で二十四時まで数えることを示していて、たとえば夜七時を打つ時鐘《じしょう》を聞いたとすると、時差が五時間であることを知っているから、この数を七から引く。すると夜半すぎの二時が出てくる。朝七時を打つのを聞けば、同じような手続きをたどって午後の二時が得られるわけだ——。

ゲーテはイタリアにいるあいだにも、それがいまドイツでは何時であるかを知っていたいのだ。だからこのような奇妙な早見表をこしらえた。自分でも、いくらか複雑すぎると感じたらしい。はじめはごたついて、厄介な計算のように思われるが、慣れてくれば、これはこれでおもしろくなるはずだといいわけをしている。

九月二十八日、ヴェネツィア着。

おなじみのゴンドラを見て、ゲーテは幼いころのことを思い出した。二十年以上もいちども思ったことのないゴンドラの模型のこと。父親がイタリア旅行をしたときに土産に買ってきた。フランクフルトの生家の居間に飾ってあって、幼いゲーテは、それをいじりたくてたまらない。ある日やっと許され、天にものぼる気持で模型を手にとった。イタリア憧憬は、もしかすると父のヴェネツィア土産がはぐくんできたものかもしれない。

迷路のような水都の報告を通して、ゲーテの体験の仕方がよくわかる。彼はまずは歩いてみる。案内をたのまず、道に迷っても人にたずねない。ヴェネツィアに入って二日後。

「夕方、ふたたび案内者もなしに、街のもっとも遠い地区へ迷いこんでいった」

だれにも道をたずねない。方位だけをたよりに、行きつもどりつしていると、どんなに道路が入りくんでいても、とどのつまりは抜け出ることができるものだ。

「目に映るところによって確かめていく。そんなやり方こそこうした場合、最上のものである」

目はおのずと、より注意深く見るものだ。その結果、人々の挙動や生活の仕方までわかってくる。ヴェネツィア一つをとっても、地区ごとに微妙にちがっているではないか。

「夜。私はヴェネツィアの地図を買い求めた」

まず足と五感で体験し、そののちにようやく地図をながめて理解を深める。つづいては、こうだ。

「聖マルコの塔にのぼった」

上から眺望する。リドが見えた。数隻の船が碇泊して、風待ちをしているらしかった。遠くにパドゥア、さらにチロールの山並みが起伏してつづいている。

このあと、やおら街をこまかくながめていく。月がうつって十月一日。

「私は出かけ、種々の点について市中を視察した」

市街が清潔か不潔かに目をとめる。ゴミのぐあいが生活のバロメーターであるからだ。

街路のつくりでいうと、ヴェネツィアでは中央が高くなっていて、両側に溝が設けてある。建築家は清潔な都市を意図して設計した。にもかかわらず無造作にゴミが捨てられ、片隅に積み上げてある。ワイマール公国顧問官には、ゴミが気になってならなかった。

「私は散歩しながら、ただちに一つの取締り法案を起草し、当地の警視総監に提示してみようかと考えた」

文案までまとめていたようだが、提出はやめにした。いうまでもないことながら、イタリアにとっては、よけいなお世話というものだ。

「地図を手にして、へんにわかりにくい迷路を通りぬけ……」

以後は、つねに手にした地図とともに歩く。

聖マルコ寺院には屋根高くに有名な馬の彫刻がのっている。ゲーテは見物に出かけ、ながながと佇み、首が折れるほど見あげていたようだ。馬に斑点があって、金属的な光をみせ、銅緑色にはげかかっているのに注目した。全体にメッキがしてあって、しかも線条がついている。かつてヴェネツィアに侵入したアラブ人が、ヤスリで金箔をこすり落とすのがまだるっこしいので、刀で切りとろうとしたせいのようだ。

ゲーテはさらに近よってみたり、遠ざかったり、位置を変えたりしながら、馬の彫刻をながめ返した。近くで見上げると重たげなのに、はなれた広場からだと、鹿のように軽やかに見えるのが不思議でならなかった。

すべてが旅の途上の体験記というものだ。そんな中に、ただ一つだけ、夢の記述がまじっている。一年九ヵ月にわたるイタリア滞在記にあって、ただ一つ、現実から離れた記述である。夢の中では大きな軽い船に乗っていたそうだ。そして草木のよく繁った島に上陸した。

「この島では立派な雉《きじ》がとれるということだった。私は直ちに島の住民と鳥の取引をした」

人々はさっそく、殺した雉をおびただしく運んできた。それは雉にちがいなかったが、夢のなかでは、孔雀か極楽鳥のようで、多色の尾をもち、尾には斑点がちっていた。これが舟に運びこまれ、長い尾が外に垂れるぐあいに積み上げられていく。舵取りや櫂《かい》をあやつるところにも積み上げていった。静かな波をゆくあいだ、夢の中のゲーテは、この宝物を分かち与える友だちの名をよんでみた。

「最後に大きな一つの港に上陸しようとしたとき、私は無数の帆柱の立つ船のあいだに迷いこみ、自分の小舟の上陸地を見つけるため、甲板から甲板へと渡っていった」

ここで夢がとだえたらしい。つづいてゲーテは、およそ一世紀あとフロイトが『夢判断』に書いたようなことを述べている。夢は単なる幻ではなく、その後の生活や運命とも

ゲーテ画「イタリア国境の山々」

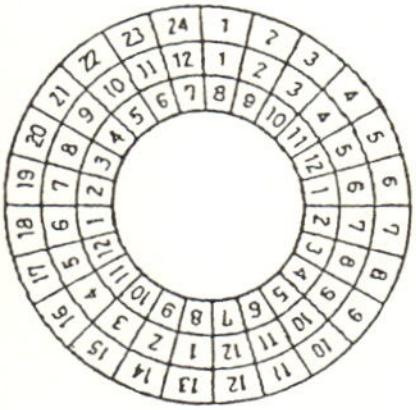

「イタリアとドイツとの時計、およびイタリアの指針の比較図形」

ゲーテ画「目の飾り絵」
1791年

相似たものをもっていて、だからこそ意味深いというのだ。
十月二十九日、永遠の都ローマに入った。

ゲーテは覚書の一つで、「目と較べるとき、耳は沈黙した感覚である」と述べている。ゲーテの体験とは、要するに見ることだった。郵便馬車で通過しながら、目を光らせ、馬車がとまると丈夫な足で歩きまわり、街や廃墟や火山をながめ、どんなささやかなものにも好奇の目をそそいでいた。ヴェネツィアの海では、ちいさな貝や蟹の観察記録をとった。ボローニアでは、「ボローニア重晶石」を発見して、こおどりした。ペルージアへの道すがらオリーブの樹を研究した。ローマの遺跡では花崗岩、雲斑石、大理石などの破片を、ポケットいっぱいにつめこまずにいられなかった。

これほどの視覚人間も珍しいのだ。目にくらべ、ゲーテがいかに耳に対して鈍感であったか、同時代の音楽的天才であるベートーヴェンや、シューベルトよりも、ツェルターといった凡庸な楽長を、最高の音楽家と考えていたことからもうかがえる。

ゲーテは植物学に情熱をもっていたが、陰花植物には、さほどの興味を示さなかった。したしく肉眼で見ることができなかったせいではなかろうか。天文学に無関心だったのも、同じ理由によるのだろう。同時代の科学者ニュートンは、白色はすべての分光色より成り立つと主張した。ゲーテは色彩学にくわしかったが、ニュートン説には冷淡だった。それが視覚に一致しないからである。年をとり、老眼が進んでいたと思われるが、ゲーテは決して眼鏡をかけようとしなかった。人工の眼玉を信用しなかったせいではあるまいか。

さらにこの視覚人間には、もう一つ特徴があった。彼はよく見ただけでなく、つねにただ静止したものを見た。人体に関するゲーテの関心は解剖学だった。静止のきわまった分野だろう。植物学においては、形態学だった。「モルフォロギー」とよばれ、植物の定型をとりあげる。彼が好んで口にしたウアフォルム（原形）にしても、植物が示す展開や成長段階に、一つの固定した原理をわりあてる試みにほかならない。

ゲーテは鉱物学にも精出したが、その基礎学にあたる化学には、はるかに関心がうすかった。つまるところ化学が要素や成分や物質の変化を扱い、つまりは動的な学問だったからではあるまいか。

なるほど、彼はひんぱんに旅行をして、『イタリア紀行』など多くの旅行記をのこしている。だからといって動的人間とはかぎらない。たしかにたえず動いていたが、しかし、当人のそのときどきの関心は、地理や地質や歴史や考古学や民族であって、いずれも静かな法則にもとづいている。

当然のことながら、この静的人間は、一つとして舞台用の劇に成功しなかった。動きがつくれなかったからだ。彼が書いたのは、『ファウスト』をはじめとするレーゼドラマ、読むための劇ばかりである。彼はカントを理解しなかった。その思考原理が、認識の生成といった動きをともなっていたからだ。

ゲーテはおそろしく勤勉に動きまわったが、ついぞ活発なタイプではなかったのである。受身の静的人間であって、静かな時代の最後の偉大な代表者だった。

紀行記の作り方

澁澤龍彦はゲーテの『イタリア紀行』が大好きだった。旧制高校生のころに初めて読み、そのときはさほどの感銘を受けなかったが、年とともに愛読書の一つになったという。「どこでもいいからページをひらいて読み出すと、ついやめられなくなってしまう。ゲーテのはずんだ気持がこちらに伝わってくるようで、こちらまで気持が明るくなってくる」

自分にとって『イタリア紀行』とは、そういう種類の本だというのだ。だから戦後に出たあるゲーテ全集が、「厖大《ぼうだい》な枚数のため、また現代においては徒《いたず》らに冗漫に流れていると見られる個所も少なくない」といった理由から、わずか五十ページばかりの抄録にされているのを知ったとき、「あきれて物が言えない」と述べている。抄訳で読むくらいなら、いっそ読まないほうがいい。

およそイメージが結びつかないのだが、その精神のかたちにおいて、わが国では、ゲーテ学者といった人よりも澁澤龍彦が、もっともゲーテと似ていたのではなかろうか。ともにプリニウスが好きで、生涯を通じて博物学的な関心が強かった。ふつうはモノ好きとよばれるような小さな事柄におしみなく好奇の目をそそぎ、大らかな実証科学のなかに遊んで、楽しく文筆にいそしんだ。

ゲーテは旅行のたびに石をひろってきて居間や書斎に並べ、コレクションを楽しんだ。この点でも澁澤龍彦は双子の兄弟のようによく似ている。「澁澤龍彦の世界」といった本に写真つきで紹介されている部屋のたたずまいは、ワイマールのゲーテの館にのこされているのとそっくりである。ミニ・ワイマール版といった感じすらする。むろん、澁澤龍彦がまねをしたわけではなく、同じような資質と関心が、身のまわりに及んで同じような環境をつくり出した。

みずからで蒐集《しゅうしゅう》したコレクションのほか、二人とも同時代の画家たちと親交があって、彼らから贈られた絵やスケッチが壁を飾っていた。ゲーテは世にときめく宮廷画家には冷淡で、ティッシュバインといったマイナーな画家を友人にした。ときには仲間を集めてハメを外した大騒ぎをした。澁澤龍彥が異端の画家たちを愛し、強い人間的な交流のあったことはよく知られている。

ゲーテは一七八六年九月、偽名をつかって国を出てイタリアに向かった。その十年ばかり前に、同じくこっそり国を出てイタリアに向かったフランス人がいる。マルキ・ド・サドである。澁澤龍彥が生涯つき合った人物であって、澁澤自身がゲーテについてのエッセイのなかで触れている。

「サドもまた、イタリア憧憬ということにかけては、ゲーテにおさおさ劣らなかった」

サドの『悪徳の栄え』の後半には、主人公ジュリエットがイタリアを遍歴するくだりがあるが、このときのイタリア旅行の経験を踏まえてのことにちがいない。とするとサドの『悪徳の栄え』と、ゲーテの『イタリア紀行』とを重ね合わせて読むとおもしろいのではあるまいか——。

資質を同じくする者の勘といったもので、ひそかな「同志」を嗅ぎわけたぐあいなのだ。『悪徳の栄え』のジュリエットはヴェスヴィオ火山に登ったが、ゲーテもまた二度ならず三度まで同じ火山に登っている。『悪徳の栄え』にはナポリ王妃マリア・カロリーネが出てくるが、ゲーテもこの王妃に関心があった。『イタリア紀行』のシチリア島のくだりに、当時、ヨーロッパ中を騒がせていた山師カリオストロについてのことがくわしく報告されており、ゲーテは何を思ってか、イギリス人の偽名をつかってまでカリオストロの血縁とかかわりをもとうとした。ワイマール公国顧問官ゲーテはサドのような『悪徳の栄え』こそ書かなかったが、多少とも——いや、大いに——美徳よりも悪徳の魅力をよく知る人だった。

ふつう旅行記は、あまり印象が薄れないうちに発表されるものだが、ゲーテの『イタリア紀行』はちがっていた。旅行から三十年以上もたった一八一七年に刊行をみた。三十七歳のときの旅を六十八歳になって世に出した。しかも『イタリア紀行』第二部にあたる第二次ローマ滞在は八十歳ちかくになってようやく増補の形で陽の目をみた。

この点、『ファウスト』とよく似ている。ゲーテは二十代の半ばに「原《ウア》ファウスト」とよばれるものを書いたが、公刊はしなかった。そこに手を加えたものを四十代になって「ファウスト断章」として発表した。完成したのは六十代になってからである。しかもそれは第一部にとどまり、八十代になってようやく第二部にこぎつけた。

出版事情で本が出せなかったというのではない。同時代の文士たちとはちがって、ゲーテはもっとも恵まれた著作家だった。ワイマール公の後楯もあって、四十代ですでに最初の著作集をまとめている。彼は出したいものを思いどおりのスタイルで、出したいときに出すことができた。にもかかわらず『ファウスト』をいつまでも持ちつづけ、『イタリア紀行』をながらく棚ざらしにした。それぞれ理由あってのことにちがいない。

「ようやく口を開いて、うれしく友人諸氏に挨拶を送るとしよう」

「もし私が便りを怠けることがあったとしても、君たち、どうか許してほしい」

「荷づくりの暇を利用して、言い残したことを書いておこう」

『イタリア紀行』には「一七八六年十一月一日、ローマにて」といった書き出しのあと、きまって右のような断りがはさまる。『ファウスト』における「原《ウァ》ファウスト」にあたるもので、それはまずイタリア旅行の最中に、手紙として友人や知人に送られた。それは友人ヘルダーといった個人に宛てた私信であるが、その当時と今とでは手紙の性質がずいぶんちがうのだ。手紙はかつては私信のかたわら公開書簡といった役割をもっていた。情報を伝えるミニコミであって、受け取った側も私有せず、さっそく夜のサロンなどで公開した。友人知人に披露する。手紙の中身が口づたえにひろまった。書き手もまた、それを意識して書いた。一つの手紙は二つの目だけではなく、数十の目を想定して書かれていた。

　しかし、形はあくまでも個人宛の手紙であれば、それは行きっぱなしになる。受け取り手がそそっかしい人間のときは、なくしてしまうこともあった。そもそも当時の郵便事情のもとでは、出した手紙がすべて相手方に届くとは限らない。ゲーテにとって郵便代は、さほどの負担ではなかっただろうが、ほぼ同じころヨーロッパ中を旅してまわっていたモーツァルトには、なかなかの高額だった。手紙一通のために一日分の働きが消えかねない。モーツァルトの手紙に、しばしば手ずから番号が打たれているのは、出したのに届かなかったものを確かめるためである。実際、おりおり届かなかったことが判明して、そのたびにくやしい思いをした。そのこともまたモーツァルトは手紙のなかに書いている。

「書きたいことはどっさりあるのだが、ペンをとろうとすると何やかやに邪魔されてしまう……」

ゲーテの『イタリア紀行』は、このような手紙をもとにして出来た。しかし、相手方に行ったはずの手紙が、どうしてゲーテの著作となり、全集に収まっているのか？　簡単である。書いた当人が同じ手紙をもう一通もっていたからだ。つまりはコピーをとっていた。郵便馬車の荷台で行方不明になることを恐れてだろう。受け取り手がなくすことも考慮に入れた。それ以上に手紙の意味がちがっていたからだ。ひろくは公開しないまでも、少なくとも何人かに公表するからには、それはすでに「作品」であって、きちんと控えをとっておく。あるいは草稿にあたるノートの中から手紙が生まれ、それが第二稿の役まわりになった。宛名をもった第二稿に手を加え、より丁寧な作品にしていく。相手方にたのんで手紙の写しを送ってもらうこともした。それを当人がとりまとめる。

現在のEメールとよく似ている。私的な情報のスタイルだが、それは公的に流れることを予期してつくられている。往復するなかで精度と広がりを増していく。それを当人がとりまとめる。今日のパソコン技術とそっくりである。パソコンの場合は瞬時に相手方へ届くが、ゲーテの時代には一つの情報の往復に何日もかかった。ときには何週間、また数ヵ月かを必要とした。ただそれだけのちがいであって、ゲーテは何とも今日的な方法で一つの意味深い旅行記をつくりあげた。

「三月十三日、ナポリ。

手紙がとぎれないように、今日もまた少しばかり送るとしよう」

「三月十六日、カゼルタ。

二月十九日付の懐かしい手紙が数通届いた。さっそく返事をさしあげる」

ゲーテ版のパソコンは順調だ。当時のEメールは相手に届くのに、ひと月ちかくかかったことが見てとれる。ゲーテがいちいち受けとった手紙の発信日を書いているのは、郵便馬車の都合でしばしば到着が前後したからである。あとに送った手紙が先の手紙よりも早く届いたりする。パソコン・ミスというのにあたる。

「三月二十日、火曜日、ナポリ。

こちらからは見えないが、またもや噴火が激しくなって、しきりに溶岩が流出している。その報告に刺激されて三度目のヴェスヴィオ登山を敢行した」

噴火の情報はひろくヨーロッパ中に伝わっていただろう。火山というものを知らないドイツ人であれば、ましてや興味をそそられる。ゲーテには、そのことが頭にあったにちがいない。情報を待ちこがれている友人たちに、早いとこメールを送りたい。危険を冒してまで出かけたのは、科学的な関心以上に、早く現場からの通信を送りたかったせいではなかろうか。そうでなくては、つぎのような状況は考えられない。

「思いきって二、三十歩を進むと足元がますます熱くなった。もうもうと煙が渦巻いていて、太陽も暗くなり、息が詰まりかけた。案内人がもどってきて首を振ったので、それ以上はあきらめ、地獄の釜から逃げ出した」

このヴェスヴィオ登山の四日前、「三月十六日、カゼルタ」の日付の手紙には追加がある。行アケになって細い線が入っており、あきらかにあとから、つまりこの日のメール便とはべつの日に加筆された。それは、こんな書き出しをもっている。「ローマにいると勉強したくなるが、ここではただ遊び暮らしたくなる。我をもこの世も忘れてしまう」

イギリス人、サー・ウィリアム・ハミルトンについて報告している。ハミルトンはイギリス公使としてナポリに住んでいた。古代研究で知られ、ゲーテもつとに学究としてのその名を知っていた。ただ当地に来て知ったハミルトンは、およそ予想していなかった人だった。というのは「自然と芸術との頂点」ともいうべき絶世の美女と暮らしていた。ゲーテはいたって即物的に書いている。

「非常に美しい。よく発育した女である」

イギリス公使は彼女にギリシア風の衣裳をあつらえさせていたが、それがまた似合っている。女はわざと髪をといて、肩掛をかけたりした。あるいはほかにも、訪ねてきた客を挑発するような動作をしたのだろうか。それを当主ハミルトンが手伝っている。ゲーテは不思議な書き方をしている。

「立ったり、ひざまずいたり、さわったり、横になったり、まじめになったり、悲しげにしたり、いたずらっぽくしたり、放縦《ほうじゅう》になったり、悔いるようでもあれば、迷わすようでもあり、脅かしたり、不安そうにしたり、表情がつぎつぎと変わっていく。その表情に応じて肩掛のヒダを変化させるすべをこころえていて、同じ一つの肩掛で、髪飾りさえつくり出す。当家の老人がそれを灯火で照らし、うっとりと見惚《みほ》れている」

まるで年寄りの女衒《ぜげん》が自分の女を客にさらしてショーをさせているかのようだ。

「私たちはこのよろこびをすでに二晩味わった。今朝、ティッシュバインが彼女の肖像を描いた」

ゲーテはこのとき、友人の画家と一緒だった。わざわざ二泊して絶世の美女のショーを鑑賞した。ウィリアム・ハミルトンは一七三〇年の生まれだから、このとき五十七歳で、当時、「老人」といわれてもしかたのない年齢だった。美女はエンマ・ハートといって、一七六一年あるいは六四年の生まれ。貧民街に生まれ、その美貌によって、つぎつぎと資産ある男たちの思いものになった。高級娼婦といわれるタイプにあたる。ハミルトンの甥のグレヴィル卿の愛人だったのを、老ハミルトンがゆずり受けた。妻にしたのが一七九一年のことだから、ゲーテが知ったのは、その前のことだろう。「我をもこの世も忘れて」、美しい女に入れあげている老人を見たわけだ。

エンマ・ハートはイギリス公使夫人を肩書にしてナポリの宮廷に出入りし、王妃マリア・カロリーネの背後にあって政治的な役割も演じていた。一七九八年、ネルソン提督の愛人になった。老ハミルトンは捨てられたわけだ。その後も彼女は数奇な生涯を送って、一八一五年、カレーの町で貧困のうちに死んだ。

ついでながら、画家ティッシュバインはエンマをモデルに三枚の肖像を描いた。二枚はある大公にたのまれていた。一枚余分に描いてゲーテに贈った。ゲーテはそれをずっとワイマールの館に掲げていた。

「四月十三日、十四日、パレルモにて。

出発のまぎわになって、とりわけおもしろい事件に出くわした。さっそくそれを報告しよう」

シチリア島のパレルモに入ったのは四月四日だった。例によってゲーテは精力的に島の岩石や地層、植物を見てまわった。そろそろ当地を発つ予定だったころの二日がかりの通信が、この事件に対するゲーテの関心の深さを示している。

稀代の山師カリオストロのことはヨーロッパ中に名がとどろいていた。「カリオストロ伯」と称してあちこちの宮廷に出入りし、詐欺事件をひきおこす。巧みに文書を偽造して、弁舌さわやかにもちかけてくる。どの宮廷も財政に苦労しており、つい甘い話にひっかかった。ゲーテはワイマール公国の官僚として、とりわけくわしく山師の手口を知っており、情報も仕入れていた。

パレルモ滞在中に、この町生まれのジュゼッペ・バルサモのことを知った。いろいろ悪事をはたらいて追放された人物だが、このバルサモが山師カリオストロではあるまいか。

おりしもパリでは「王妃の首飾り事件」が大評判になっていた。王妃マリー・アントワネットの首飾りをめぐる詐欺事件であって、いずれフランス革命の呼び水となったものだ。この事件にもカリオストロがひと役買って暗躍、一時逮捕されバスティーユ牢獄にいた。

そこから弁駁《べんばく》書を発表したりしていた。

ゲーテは探偵のように調べてまわった。そしてパレルモ生まれの文書偽造常習犯がカリオストロに相違ないと目星をつけた。『イタリア紀行』では「四月十三日、十四日」付になっているが、中身の大半は、ずっとあとに加筆したはずである。というのはゲーテが「カリオストロ伯とよばれるジュゼッペ・バルサモの系図、およびいまなおパレルモに居住するバルサモの家族に関する報告」を書いたのは、イタリアから帰って四年後のことだった。それがここでは、さらに整理された形で語られている。

全体があとから加わったのか、あるいは実際に出発のまぎわに送られたものがあったとしても、それはごく手短かなメールだったにちがいない。

とどのつまりゲーテはバルサモの家族と母親を探し出した。

「私がイギリス人になって、バスティーユの禁錮《きんこ》から赦免されてロンドンへやってきたカリオストロについてのことを、家族に伝えることにしよう」

さらにバルサモの母親に頼まれて、イギリス人の偽名のもとに、母親の手紙をカリオストロに届ける役目まで引き受けた。母親は感激して、心からの礼を述べた。ゲーテが帰りかけると家族全員で別れを告げ、子供たちは通りまで見送りにきた。

その後のことをゲーテは、はっきりとは書いていない。不幸な家族が「北欧人の好奇心

ティッシュバイン画「窓辺のゲーテ」
1786／87年

ティッシュバイン画「読書中のゲーテ」
1786／87年

によって、またもや欺かれようとしている」と暗示しているところをみると、使いをはたさなかったのだ。バルサモが持ち逃げした金額を、立て替えて家族に贈ろうと思って宿で計算したところ、旅の途上でそんな「身分不相応」なことをすると、こんどは自分が窮地に陥《おちい》ると気がついた。それで「尻拭いはやめにした」とあるから、要するに聞きたい話だけ聞いて、それを友人たちへのメールにしてから、さっさとパレルモを立ち去った。

ブロッケン山

北ドイツ中央部に雄大な山塊がある。ハルツ山地とよばれるもので、最高峰がブロッケン山、標高一一四二メートル。

一七七七年十二月、ゲーテはこの山に登った。わざわざ冬のさなかにやってきた。スポーツとしての登山など、まだはじまっていなかったころで、麓《ふもと》には木こりが出入りしたが、その上は、せいぜい薬草採りか隠者とよばれる修験者《しゅげんじゃ》が、たまに入りこむだけだった。登山道といったものもなく、口づたえにつたわる岩や大木を目じるしにして登る。十二月十日、山頂に立った。

標高はさほどではないが、ブロッケン山は北ドイツで一番高い。一面の低地帯にそびえており、千メートルにちかい標高差をこえなくてはならない。この山は「ブロッケン現象」で知られている。冬季に見られる現象で、霧が立ちこめたとき、陽光を背にして立つと、自分の影が霧に投影され、その大きな影のまわりに紅色の環が浮かぶ。

そんな不思議が人々の想像力を刺激したのだろう、ブロッケン山はまた「ワルプルギスの饗宴」の舞台としても知られている。聖ワルプルガの日、つまり五月一日の前夜に悪魔と魔女がブロッケン山にやってきて、みだらなランチキ騒ぎをするというのだ。なぜ聖女ワルプルガと魔女とが結びついたのか、諸説があってはっきりしないが、中世の昔から語られてきた。魔女たちは箒《ほうき》にまたがって空を飛んでくる。牡《おす》山羊に乗ってくるものもいる。牡山羊は精力絶倫の比喩にもなって、年に一度の性的無礼講というわけだ。

地図にはハルツ山地のあちこちに点々と鉱山のしるしがついている。銀や銅を産出してきた。温泉のしるしもある。鉱泉が利用されている。大きな鉱脈が霧や風と作用し合って、ブロッケン現象を引きおこすのか。やはり鉱脈が働いてのことかもしれないが、ハルツ地方にはしばしば、空に奇妙な縞模様ができたり、閃光が走り、雷鳴がとどろいたりする。こういった風土上の特性が魔女伝説とくっついてワルプルギスの夜の舞台に定まったのだろう。

ゲーテがブロッケン山に登ったのは、ワイマールに赴任してきて二年目にあたる。一七七七年十一月末、ハルツ山地の鉱山調査が目的だった。ついで翌月、足をのばして魔女の山に向かった。

公務にかかわっていたせいか、ゲーテはこの旅のことを、くわしくは書いていない。友人や知人への手紙からうかがえるだけである。

ゲーテから半世紀ばかりあとのことだが、ハインリヒ・ハイネがハルツ旅行をして、ブロッケン山に登った。当時、ゲッティンゲン大学の学生だったハイネは、紀行文を書いて出版社に売り込む目論見があったようだ。おなじみの諷刺《ふうし》と諧謔《かいぎゃく》をまじえて書いている。あきらかに取材の目で歩いており、おかげでその『ハルツ紀行』を通して、山のこともよくわかる。

山麓から樅《もみ》の森がつづいていて、昼なお暗い。ときおり牧草地がひらけ、羊の群れや羊飼いがいた。標高八〇〇メートルをすぎると、樅の木が低くなり、岩場があらわれる。さらに行くと岩ばかりになり、高山植物や野生のイチゴを見かけるだけだった。

ハイネが登ったころは、すでに登山のたのしみがはじまっていた。山頂には山小屋兼レストランが一つあった。山麓の領主ヴェルニゲローデ伯の経営とか。ハイネはさっそく領主の多角経営を皮肉っているが、鉱脈がつきかけていて、大貴族すらも鉱山にたよってばかりもいられなかった。
　ゲーテが登ったころは、そんな山小屋などなかった。しかも雪が見舞い、霧の深い冬場である。自然好きのゲーテには、冬季に見られる不思議な現象を、自分の目でたしかめてみたかったせいかもしれない。むろん、それだけではなかった。

　ゲーテはほかにも、いろんな山に登っている。ワイマールの北方にエタースベルクという山があって、貝殻石灰岩層をもっていた。標高四八一メートル。一七七六年二月、馬をとばして麓まで行き、山で夜を明かした。二月の寒気をどうやってしのいだものか、おりしも二十六歳、知り合ったばかりの人妻に仄《ほの》かな愛を寄せていた。たしかに若さと恋があれば寒さなどへっちゃらだ。
　数あるゲーテの詩のなかでも、とりわけ有名な「旅びとの夜の歌」は、イルメナウ鉱山に近いキルケハーン山でつくったものだ。標高八六一メートル。一七八〇年九月のこと。このときゲーテ、三十一歳。この山には山小屋があって、そこで泊った。わずか八行の簡単なもので、字句をそのまま移すと、こんなぐあいだ。

見渡せば

峯々すべてが憩い
梢に
息吹《いぶ》く
けはいなく
森には小鳥の声もない
待て、すぐに
私も憩う

山好きならすぐにわかるが、あきらかに夜ふけである。初秋の星明かりの下に、うっすらとまわりの山々が見え、辺りは静まり返っている。黒い木が凝然と立っている。万物すべてが眠りについた時刻であって、まさしく「息吹くけはい」などないのである。

夜に小鳥は鳴かない。姿も見せない。「待て、すぐに私も憩う」というのは、夜も遅いので、自分もそろそろ休もうというのだ。三十一歳というと、もう結構な齢だと思うが、ゲーテはこの詩を山小屋の窓の横の板壁に書きつけた。古今の名詩とされるものだが、ふとどき者の中学生のやりたがる壁の落書きとしてはじまった。

イタリアに出かけたときは、ナポリ近傍のヴェスヴィオ火山に登っている。標高一二八一メートル。数日おいて二度登った。

一七八七年三月二日、天気が悪く、山は噴煙につつまれていたが、それでも出かけた。まず馬車で山麓の町レジナへ行った。ポンペイを埋めた大噴火のとき、同じく溶岩の下になり、のちに火山灰の上につくられた町である。その町でロバを借り、かなり高度をかせいでから登りだした。灰の山は足元がポロポロ崩れて厄介だ。ようやく旧噴火口までたどりついた。その二ヵ月あまり前にも噴火したばかりで、溶岩が流れだしていた。新しい噴火口から、もうもうと湯気が立ち昇っていて、「ほとんど自分の靴も見えぬ始末」だったそうだ。悪天候に加えて、噴出した溶岩の上を歩くのは物騒なので、あきらめて引き返した。

それでもゲーテは「非常に珍しい現象」を発見したという。世の識者に知らせたくて、『イタリア紀行』に書きとめた。火山の噴出口を覆っていた鍾乳石状の岩壁のことで、それが新しい噴火によって変形している。以前はアーチ形をして上にかかっていたはずだが、それが噴きとばされた。ゲーテはくわしく観察している。

「固くて灰色がかった鍾乳石状の岩は、きわめて微細な火山性蒸発物が、湿気の作用も受けず、溶解もせず、そのまま昇華してできたものと思われる」

そんなふうに考えた。さらに四日後、またヴェスヴィオ火山に出かけた。このときは二人の案内人を傭って、火口をぐるりと一周した。噴火があったばかりだから、山鳴りがして、噴火口から大小無数の岩を噴き上げていた。火山灰が降ってくる。ゲーテは立ちどまって噴出のぐあいを見つめていた。まず大きい岩がとび出し、それが大きな音をたてて落下する。つづいて小さい石がとび出して、バラバラと落ちていく。最後に火山灰が降りそそぐ。「この三過程が規則的な間隔をおいてくり返された」

しきりに小石が降ってくる。いちどは岩陰に退避した。つづいて「巨大な奈落のふた」と書いているから、火口ぎりぎりのところまで近づいたのだろう、突然、山鳴りがして、石や岩がガラガラと崩れてきた。帽子も靴も灰まみれにして、やっと火口の庇《ひさし》のところへ逃げた。その間にもゲーテは新旧溶岩の相違を、こまかく観察した。同じ溶岩でも、猛スピードで流れたものと、ゆっくり流れたものとは、外観からしてちがうのだ。いちど固まった上に、さらに新しいのが流れてきて、奇妙なギザギザの形に硬化していた。

「砕きとって断面を見ると、太古の岩石に酷似した大きな岩塊がまじっている」

ゲーテは単に山に登ったのではなかった。あきらかに何かを求め、探していた。もともと鉱物好きで、必ず石や岩のかけらを拾って帰ったが、しかし、その種のコレクションのためだけではない。登山家ゲーテの目は、山からの景観よりも、むしろ山の内部にそそがれていた。土と岩石の下に秘められているもの。鉱山で掘り出される銀や銅だけではない。

むしろ坑夫のノミやタガネの及ばないところのもの。たしかにあるはずで、しかし、だれも知らない。だれひとり現実に見たわけではないが、「そこにある」とみなすことで、その想定自体が大いなる宝になる。そんなあるはずの宝物を担保にして、クレジットを発行してはどうだろう。宮廷の財政難を一挙に解決する。赤字に悩んでいる宮廷財務官が、のどから手が出るほど欲しがっている解決策である。ゲーテは、山に登りながら、恋人に書き送る詩を考えていた。とともにワイマール公国顧問官は、にぎにぎしくやってくるエコノミストたちのことを考えていた。財政のプロと称して、新しい経済政策を持ちこんでくる。金のつくり方を売り込みにくる。鉛を金に変える錬金術師は姿を消したが、いまや紙きれを金に変える新しい錬金術師が登場した。

『ファウスト』第二部、舞台は「皇帝の城」、玉座の間。大蔵大臣が嘆いている。国庫が空っぽで、どうにもやりくりがつかない。考えられるかぎりの節約をしてきたが、もはやどうにもならない。苦しいのは宮廷にとっても同じこと。宮内卿が天を仰いで嘆息した。

「わたしどもも、ひどいものです。毎日、節約につとめても、出費はかさむばかり。苦労の種がつきません」

そこへ悪魔メフィストフェレスがやってきて、皇帝に一つの提案をした。お望みのものをつくってみせよう。ごく簡単なこと。

「地中に眠っている宝を抵当として証券を出せばいい」

旧来の金貨、銀貨ではない。紙幣である。紙に数字を印刷して、そこに皇帝の署名と紋章をつける。信用の保証である。禍《わざわい》を転じて福となすはずの名案だ。ついては布告を出すがよかろう。

「知りたいと望むすべての者に告げる。この紙片は千クローネの価がある。皇帝領内に埋もれた無尽蔵の宝が保証する」

紙片が金貨の代わりになる。業者への支払いのみならず、軍隊や宮廷の者たちの給料も、すっかりこれですませられる。大よろこびの皇帝や大臣に対して、メフィストはひやかした。これからは、もう重い財布や金袋を持ち歩かなくてもよろしい。

「お札なら胸のポケットに。恋文などもいっしょに入れとくといいでしょう」

ゲーテは証券やクレジットの発行が装いを変えた錬金術であることを、きちんと示している。よく読むと、少し前に「グノーム」たちが出てくる。「地霊」とも訳されるが、山と土の霊であって、地中の宝の番人である。グリム童話の「白雪姫」では、山中に住んでいる「こびと」として登場した。グノームの報告によると、すぐ近くの山で「不思議の泉」を見つけたという。それは「とても得られまいと思っていたものを、水のように噴き出してくれる泉」だそうだ。皇帝が仮装姿で泉をのぞきこむと、仮装の髭が落ちて燃え上がった。とたんに水の霊があらわれて霧と雨を降らせた。火と水の二大元素を暗示しており、二つが結合して土の中に結晶を生む。

錬金術のプロセスを述べたものにちがいない。つづいてもっとくわしく、天文博士の口を通して語っている。天文博士はメフィストの口うつしをしゃべっているだけであって、つまりは悪魔の提案である。

「月が太陽に寄りそいますと、太陽が月と結ばれるのですから世の中が明るくなります。望むものは何なりと手に入る」

太陽は金、月は銀。これが結合する。錬金術の用語でいえば、水と火、つまり水銀と硫黄、これを結びつけて金にする。ただし、ここにはもう一つ、「賢者の石」がなくてはならない。実在したファウストをはじめとして、無数の錬金術師たちは、この「賢者の石」をひねり出すのに苦労した。おどろおどろしい呪文を唱えたり、あやしげな実験器具をひけらかしたりしたところから、「黒魔術師」などともよばれた。

新しい黒魔術は、何であったか。一つは地中に埋もれているはずの目に見えない宝という抵当である。もう一つは紙幣に印刷された皇帝の署名である。かりに、わが国の紙幣でいうと、おごそかな「日本銀行券」につけられている赤いハンコである。

巧みに錬金術がなぞってある。目に見えない抵当と、皇帝の署名は二大元素というものだ。水と火であり、水銀と硫黄にあたる。これが結合して、それ自体は何の価値もない紙きれが、金貨の代用をする。

錬金術的解釈によると、水銀は水にあたり、これは人間の感性、つまりは魂の領分だった。いっぽう硫黄は火であって、人間の意志、精神の領域に属している。

それがそっくり新しい黒魔術の性格と対応していないだろうか。まず水の原理だが、四方に流れる水のように、紙幣を流通させるものは何か。目に見えない抵当を信じて、単なる紙きれを金貨に代える人間の想像力である。これは感性から出るものだ。火の原理はどうかというと、眩しいばかりの署名がそれだ。火のように輝いている尊厳をあらわし、ただの紙片を金貨となす。皇帝が去ってから国家権力が出てきたことは、「日本銀行券」において、そこに印刷された「日本銀行」の名によってもあきらかである。ついでにいうと、ここではハンコが火のような赤で印刷されている。デザイナーはそれとも知らず錬金術の伝統を踏襲したのだろうか。

ゲーテは顧問官から枢密《すうみつ》顧問官に、そして三十三歳のとき内閣首席、財務局長官のポストにつき、二十年あまりにわたってその任にあった。小さい公国とはいえ、さぞかし財務に苦労したことだろう。その間、さまざまな名目をつけて近づいてくる新時代の黒魔術師たちを、したしく見ていたにちがいない。そのせいか『ファウスト』第一部では愛の人であった主人公が、第二部では経済人間として活躍する。彼は広大な土地を前にして、新しい都市づくりに野心をたぎらせた人間として波瀾の生涯を終えた。中年以後のゲーテは、長大な散文のスタイルで遍歴する人間ヴィルヘルム・マイスターを主人公に「演劇的使命」を書いたが、そのかたわら、長大な韻文のスタイルによって、同じく遍歴する人間ファウストを主人公に「経済的使命」を書いたのではなかろうか。よくいわれるところだが、ゲーテは『ファウスト』第二部に手こずった。何度も書き改め、中断し、また取り出して手を加えた。もう手を入れないしるしに自分で封印までしておきながら、自分で封印を破って、さらに手入れをした。そしてようやく死の前年、八十二歳のときに完成した。

創作力が衰えていたわけではないだろう。多少はそれがあったかもしれないが、それ以上に、自分が生み出した人物に、当人がたじろいだせいではあるまいか。野心満々、新しい黒魔術をひっさげて登場してくるエコノミストたちである。いずれこの種の経済人間が世を動かし、人の希望までも定めてくる。

その後の歴史は、まさにゲーテが怖れたとおりに進行した。はじめはゆるやかに、いまやまさしく「ファウスト」的状況が堰《せき》を切ったように進んでいる。「経済的使命」が地球を動かし、巧みに英語をあやつる経済人間が、地球上をあわただしく行きかいしている。

「水のように噴き出す泉」が地上にあふれ、太陽と月が寄りそうと、望んで得られないものは何もないのだ。そういえばゲーテの時代は教会の椅子をバンクといったが、やがて石造りの銀行がバンクになった。すでに久しく黒魔術師が大手を振ってカッポしている。ゲーテは自分が生み出した人物に自分でたじろいで、われとわが手で何度も封をしたのではなかろうか。

石の蒐集

石を集めていた。拾ってきて、よく洗い、磨きをかけて保存しておく。ゲーテの死後、そっくりそのまま残されているが、総数一万九千点に及んでいる。あきらかに趣味といった範囲をこえている。わざわざ額をつくらせ、同種の石を組み合わせてはめこんだものもあって、分類を考える際、とりわけ重要とみなしたものにちがいない。

石に目をひらかれたのは二十代半ばすぎのことだ。顧問官の仕事とのかかわりで少し述べたが、ゲーテはしばしば馬を走らせイルメナウ鉱山の視察に出かけた。ワイマールの南西四十キロばかりのところにあって、チューーリンゲン山地東北の斜面に位置している。現

在はもの静かな山間の保養地だが、ながらく鉱山町としてワイマール公国の国庫をうるおしてきた。それが年ごとに採掘量が低下して、ゲーテが赴任したころには、採算がとれないので採掘を中止していた。そのまま廃鉱とするか、あるいは新しい鉱脈を見込んで再開するか、ゲーテ参事官には荷の重い任務が課せられていた。

こんな場合、ゲーテのとる方法は終生変わらなかった。その道の専門家、それも当代一とされる人を招いて意見を聞く。判断は仰いでも、ゆだねっぱなしにしない。みずからもじっくり勉強して知識を深め、何度も足を運んで現場でたしかめてのちに決定する。

イルメナウ鉱山が再開されるのは、最初の視察から数えて八年後のことである。その間、せっせと鉱山学や地質学を学んだ。同種の鉱山を訪ねてハルツ山地まで出向き、「魔女の山」として怖れられていたブロッケン山にも登った。このころゲーテは詩人としてよりも、鉱山の湧水処理に関する権威として知られていた。

鉱山学にかけてはスイスが伝統と技術をうたわれていた。三十歳のとき、ゲーテはスイスへ出張して四ヵ月あまり腰をすえ、ベルン高地の鉱山を丹念にめぐっている。さらにジュネーヴまで足をのばし、当時、アルプスの地質学に関して第一人者とされていたオラス＝ベネディクト・ド・ソシュールを訪ね、親しく教えを乞うたりした。記録が残されている石のなかで、もっとも初期のものに「ベルン高地」とあるところをみると、このあたりが生涯にわたる蒐集の皮きりだったようだ。

公国経営の鉱山を参事官が視察する場合、ふつうはごく型どおりだったが、ゲーテはまるでちがっていた。

「三週間前からチューリンゲンの山中にいる」

友人への手紙に日常をこまかく報告している。あふれ出た鉱毒が近くの田畑を荒廃させる。ずっとのちに「公害」と名づけられたもののはしりである。イルメナウの隣村をマネバッハといった。ゲーテ参事官は何度もマネバッハ村に出向いて補償金について談合した。

「鉱夫とともに地中にもぐりこみ、そののち神の世界へ這い出てきた」

要所ごとにスケッチをとった。今日の写真にあたるもので、ゲーテは、実に器用に描いた。イルメナウの山並みを見下ろす高みから全景を描いたスケッチがあるが、谷からしきりに霧とも湯気ともつかぬものが立ち昇っている。ゲーテにはそれがただの蒸気とは見えなかった。地中の鉱石が大気に作用して引き起こす現象と考えた。また山中で珍しい色模様の石を見つけて小躍りした。いずれも鉱山の再開をうながすしるしにちがいない。

イルメナウ鉱山の再開のために招いた鉱山技師の一人をヨハーン・カール・フォイクト

といった。ゲーテはこの技師から地球水成説を学んだらしい。地球を覆っていた海が、漸《ぜん》次《じ》沈下していくにあたって、ゆっくりと地表の形成がされていったというのだ。

その際、花崗岩がもっとも下層にあって、だからしてもっとも古い地層とされた。ゲーテの石の蒐集のなかで花崗岩がとりわけ多いのは、旅のつど、もっとも古い地層の証拠物件としてもち帰ってきたからである。花崗岩に消えのこっている張力の縞模様を、ゲーテは水がゆっくりと結晶したしるしと考えた。

そのころ地球の生成をめぐっては、水成説に対して火成説があった。それによると花崗岩は溶岩の冷え固まったものだという。つまり、今日の科学の見方と同じである。ゲーテはイタリア旅行の途中、わざわざヴェスヴィオ山やエトナの噴火口まで登り、くわしく火山の威力に立ち会ったはずだが、晩年まで水成説をゆずらなかった。『ファウスト』第二部・第二幕には、古代ギリシアの自然哲学者アナクサゴラスとターレスが出てくる。

アナクサゴラス　まだいい張るのか、まだ論証が足りないか。
ターレス　波は風には身をまかせるが、突き立つ岩には近づかない。
アナクサゴラス　この岩は噴火の蒸気がつくった。

タ－レス　水があれば生き物が生まれる。

出てくるたびに論争する。アナクサゴラスが火成説、ターレスが水成説、あきらかにターレスがゲーテを代弁している。アナクサゴラスが岩山を見て、地獄の王の火と、風の神の蒸気が、地上の殻を吹きとばして新しい山をせり上げたのだといったとき、ターレス＝ゲーテはそっとたしなめた。

「自然ならびに自然界の流れは、日や夜や日時に限られていないものだ。自然は定まった形をつくる。大きなものをつくるときも力ずくではない」

ゲーテの生命観から出た見方であって、友人の博物学者フンボルトに自然界の巨大なエネルギーについて注意されても、不快そうに火の威力を否定した。

同じ二幕目の終わり、エーゲ海に水と火によるエロスの祭典がくりひろげられ、『ファウスト』全巻のなかでもとびきり美しいシーンだが、ゲーテはあらためて水成論者ターレスに凱歌をあげさせている。

「万歳、万歳、もう一つ万歳といこう！　なべてのものは水から生まれ、水に帰る。大洋がすべての恵みを生み出してくる」

そのあとは歌に託した。

いのちの水のなかで
輝くもの
響くもの

火が登場するが、それは猛然と噴き出す地底の力ではなく、水面に炎となって燦然《さんぜん》と輝いたのち、水に呑みこまれるようにして水底に消えていった。

一万九千余の石片は北ドイツ・チューリンゲンからボヘミア山地、スイス高地、またイタリア全域に及んでいる。ゲーテが好んで足を運んだところだ。ボヘミア山地にはカールスバートやマリーエンバートといった世に知られた温泉があって、温泉好きのゲーテは毎年のように出かけ、そのたびに二ヵ月、あるいは三ヵ月ちかくも滞在した。いたって退屈な湯治場で、石好きの顧問官は日がな一日、山野を歩きまわり、帰りの馬車を石の袋で埋めつくして馭者《ぎょしゃ》を閉口させた。

商人に身をやつしてまでしてイタリアへ旅立ったのは、口うるさい宮廷と、公国の政務に飽きあきしていたせいであるが、いま一つにはシュタイン夫人とのことを清算する意図もあった。事実、イタリア滞在の空白をはさんで、二人の仲は急速に冷えていく。

生身の「石」とは遠ざかったが、もう一つの石とはなおのこと近づいた。わざわざカールスバートを経由して、小旅行をよそおい、つぎには逃げるようにして一目散に南下した記録のなかに、ミュンヘン近くで、はやくもゲーテは石に目をとめたらしく、ことこまかに書きとめている。薄緑をおびて石英をまじえ、小さな丸い斑点をもつ。ことによると最古の斑岩にあたるのではあるまいか。なかなかの垂涎《すいぜん》ものだが、それにしても硬いし、重い。砕いて小片にするわけにもいかず、やむなく採取はあきらめた。つづいて自分にいい聞かせるように、「こんどの旅では石は一切集めないことに心を決めた」と書いているが、すでに述べたとおり、その決心がついぞ守られなかったことは、数千にのぼるイタリア土産が示している。

ブレンナー峠を越えてイタリアに入る前日、ゲーテは馬車の窓から食い入るようにして外をながめていた。灰白色をした石灰岩が気になってならない。異様に不規則な形をしていて、鉱層や地層に分かれている。層が弓形をしているところもある。ところが高度が上がってくると、石英のまじりこんだ暗緑色の雲母片岩に変わったのはどうしたことだ。ゲーテはそれを花崗岩の変形と考えた。

「どうもこの近くに、すべてこれらの岩の親元にあたる花崗岩の根幹が存在するにちがいない」

イタリアに入ったとたん、新しい斑岩に目をみはった。規則正しく板状に割れており、その板がさらに円柱状に分かれている。それが火山の産物とされていることについて、「それは世の人の頭がのぼせ上がっていた」ころの考えだと一笑に付した。砕けたのが道ばたにころがっており、「立ちどころに集めて荷造りできる」のだが、このときも涙をのんであきらめた。

ボローニアでは、いわゆる「ボローニア重晶石」を見つけて、おもわず躍りあがった。暗闇でも光を放ち、太陽にさらすと、焼けて石灰に変化する。ゲーテはさらに砂の多い山ぎわを通過中に、露出した透明石膏の岩を見つけた。このころにはすでに、はじめの決心をすっかり忘れていたのだろう、さも当然のようにして書いている。

「またもや私は石を背負いこむことになった。八分の一ツェントナーの重晶石を荷造りした」

アペニン山中の町はずれでは、柘榴石《ざくろいし》のような結晶体と出くわした。ナポリ近傍では蛇紋石、碧玉《へきぎょく》、石英、硅石《けいせき》、緑色や青色の玻璃《はり》と行き合った。ナポリ市中では鍾乳石状の岩。さらにシチリア島にわたり、行きついた地の果てのパレルモ郊外で、ゲーテは涸れた河床を這いまわっていた。まさにそこに「地球古代の地層」が露出していると考えたからだ。

どうやら手当りしだいに拾っていったらしい。「この河での収穫は相当ゆたかで、四十ばかりも集めた」と述べている。当然のことながら地層をこまかく観察した。古い石灰岩が変形し、さらに貝殻石灰の層があった。海が干上《ひ》がっていくさなかに貝を巻きこみ岩石を形成したはずなのだ。地球水成説の証拠を詰めた重い袋を背負って、ゲーテはよろめきながら、意気揚々と河床をあとにした。

見当ちがいのことに熱を上げていた。ゲーテ自身、多少とも滑稽な自分に気がつかないでもなかったのだろう。石を荷造りしたときの報告には、いつも苦笑のようなものがまじっている。重さの単位に「ツェントナー」が使われているが、一ツェントナーは約五十キロ。手荷物がこれを超すと馬車代が倍になる。そのため石の袋がふえるたびに宿屋の秤で慎重に重さをたしかめた。

地球水成説にこだわったのは、自然を見るにあたってのイデアといったものとかかわっていたせいだろう。「理念」であって、つねにその目で自然をながめた。おのずとこの世界が、気まぐれな爆発や、予期できぬ変動や、偶然の暴力の結果であってはならないし、あるはずがない。万物が生まれ出るにあたり自然界の摂理というものがあって、それに従ったにちがいない。現象を帰納していけば、目に見えない、大いなる原理にいきあたる。

そのはずではないか。

静かな時代に育った教養人の特徴がよく見てとれる。彼はいつも静止したものに目をとめて、そこから一つの固定した型にひきもどす。これほど石の蒐集に熱心だったが、鉱物学の基礎をなす化学には、ゲーテはほとんど興味を示さなかった。石を砕き、溶解させて、要素や成分を見ようとはしなかった。化学が物質の変化を扱っていて、つまりは「動的」な学問だったせいだろう。

人体に対してゲーテは「命の素《もと》」にこだわったが、自然を考えるにも「地球の素」があるべきであって、それは必ずや生命の母胎である水にかかわっている。頑固に自説を変えなかったのは、一つには地球の寿命についての考え方が、大きくちがっていたからである。ゲーテ時代の地質学者は、地球の年齢を数千年、長くみつもって一億年としていた。今日今日のように四十億年といった時間の尺度は想定していなかった。四十億年などの途方もない年月のなかでは、あらゆる計り知れないことが起こり得るが、ごく限られた時間帯のことであれば、おのずと生成と変化が秩序と法則をもち、ゆるやかな流れのなかで、あらかじめ定められた形態をとっていく。

チューリンゲン山地の南にフィヒテル連山という大きな山塊がある。最高峰をシュネーベルク（雪の山）といって標高一〇五三メートル。峰はどれも岩山で、石灰質のせいで白々と突き立っており、そのため「雪の山」の名がついた。

ゲーテは三十代の半ばごろから、何度もこの山を歩いている。あちこちに奇妙な現象が見られるからだ。花崗岩質の巨大な岩が、ニョキリと突き出ている。あるいは微妙なバランスのもとに、大岩が二つ、三つと重なり合っている。人よんで「悪魔石」、あるいは「悪魔の懸け橋」。まったくのところ、この岩石群がどうしてできたのか判断がつかない。なぜこのような形や、位置や、重なりをおびているのか。ましてや水の結晶からでは、まるきり説明できないのだ。

『ファウスト』第二部・第四幕には「高山」の場があるが、ゲーテは何度も訪れた岩山をモデルにしたのではなかろうか。ト書によると「峨々《がが》とした岩山の頂き」。雲が流れて山頂をつつみ、突き出た岩で二つに分かれたりする。

その岩山にファウストとメフィストを登場させて、奇妙な岩石群の発生について議論をさせている。『ファウスト』第二部と苦闘していた晩年には、噴火による地殻変動説が大勢を占めていたようだ。ゲーテはそれを悪魔メフィストの口を通して語らせた。地の底がふくれ返り、炎の川が流れ、そこに「牛頭の神モロク」がハンマーを打ちこんだというのだ。充満していたガスが噴き出して大岩をあちこちにはねとばした――メフィストによると自分が生き証人であって、「こいつは否定のしようがない」。

ファウストはさして反論しない。

「ことさら派手な噴火などしなくてもいい」

そんなセリフを呟くだけだ。奇妙な岩石群が悪魔のしわざにされているのは民衆の知恵というものであって、地殻変動説にしても、つまるところは「悪魔の自然観」というものではなかろうか。

静かな時代の人には、およそ信じ難いことがつぎつぎと現実に起こっていた。フランス革命が始まりだった。革命派と反革命派がせめぎあって、みるまに内乱状態がひろがっていく。クーデターのあとナポレオンがあらわれて、またたくまにヨーロッパの地図を塗りかえた。千年ちかくにわたりドイツ諸邦をつなぎとめていた神聖ローマ帝国が消滅。ナポレオン軍がワイマール通過の際、ゲーテは危く命を落としかけた。

ほぼ同じころだが、スイス高地ゴルダウにおける巨大な地すべりの報が届いた。三十代はじめに鉱山を視察していたとき、よじ登ったことがある。斜面がなだれ式にズレ落ちて、山頂の岩もまた崩落し、山容が一変したという。山麓には美しいラウヴェルツ湖がひろがっているが、湖面が土砂で埋まって澄んだ水のあとかたもない。

ゲーテには自然界の破局が不気味な兆候に思えただろう。歴史の大変動と重なって、大いなる転換を告げている。もはや静かな時代は終了した。好むと好まざるとにかかわりなく動的な世界に身を置かなくてはならない。

ゴルダウ大崩落のニュースが届いたのは一八〇六年九月のこと。その日、ワイマールではヨハンナ・ショーペンハウアーのサロンが開かれていた。哲学者ショーペンハウアーの母親で、当代きっての女流作家として知られ、この年の春にワイマールへ移ってきた。

ニュースを耳にしたあと、ゲーテはしばらく黙りこくっていた。それから、かつてのスイス旅行の話をした。美しいラウヴェルツ湖と対岸にそびえる岩山のたたずまいをくわしくもの語った。湖面から一つの大岩がそびえていて、その上に礼拝堂が建てられている。大崩落にみまわれて、どのような惨状をみせているやら。

きっと絵を求められたのだろう。ゲーテはペンと水彩でそそくさと、記憶のなかにある風景を描きあげた。岩が突き上げたような山頂より絶壁が急角度で湖と向かい合っている。それが一挙に崩れ落ちた。合わせて「途方もない驚き」と題する詩をつくった。そこには山が動き、森がねじれ、湖がとびすさるさまが語られている。よほど衝撃が強かったのだろう。詩のなかに「悪霊の力」といった言葉がみえるが、ゲーテにとっては、まさしく悪魔メフィストのしわざと思えたにちがいない。

骨の研究

骨の学問は「オステロジー」とよばれるが、骨学の歴史にゲーテは名をとどめている。それまで人間にはないとされていた骨を発見した。

一七八四年三月二十七日のこと。よほどうれしかったのだろう、ただちに友人の哲学者ヘルダーに報告した。このとき三十四歳の文人顧問官が、水晶を見つけた中学生のように興奮している。

「……見つけたのだ。金でも銀でもないが、言葉にならないほどうれしい！」

ゲーテはラテン語で骨の名前を書いているが、ふつう「顎間骨《あごかんこつ》」と訳されるもの。動物にはあっても人間にはないとされていた。

猿の頭蓋骨と人間のそれとを比較しながら調べていて気がついたらしい。猿では前から見てもはっきりと顎間骨が認められるが、人間の場合はそれが見られない。しかし、顎を裏返すと門歯のうしろにスジを引いたものがあって、生物学でいう「痕跡器官」というのにあたる。すぐには気がつかないほど退化しただけであって、人類もまた顎間骨をそなえていた。

ヘルダーは哲学や言語学のほか自然科学にも関心があり、その方面の著述もしていた。そのペンを通して世に知られるのをゲーテは警戒したらしい。発見の報告につづけて書きそえている。

「お願いだから、このことは誰にもいわないでほしい。当分は秘密にしておきたいのだ」

友人だけではものたりなかったのだろう、同じ日に恋人シュタイン夫人にも、すぐさま知らせた。同じワイマール住まいのことであれば、召使が書簡函をかかえて走ったにちがいない。

「解剖学における大発見です。とても重要で、すばらしいことなので、よろこびを分かち合うためにも、とり急ぎお知らせします。決して誰にも話さないでください。同じ約束の封印つきでヘルダーにも知らせました」

うれしくて「内臓のすべてがわき返っている」とも述べているが、興奮ぶりが目に見えるようだ。

ゲーテが骨にくわしかったのは、一つには骨相学とかかわっていたせいである。「フィジオグノミー」とよばれたもので、一七七〇年代にスイスの学者ラヴァーターが、シルエットで何百、何千もの顔を集め、それを分類して「人間を知るための新しい学問」を打ちたてた。ラヴァーターの大著『骨相学断章』全四巻は一七七五年から三年がかりで出版され、大きな反響をよんだ。

二十代はじめだったゲーテは関心をそそられたらしい。わざわざチューリヒまで出かけ、ラヴァーターを訪れた。ついでお返しにラヴァーターがフランクフルトへやってきて二人は友情を結んだ。ともにつれだってラーン川下りをした。

当時のシルエットは現在の顔写真といったもので、ゲーテは助力を申し出て、シルエットやスケッチを何度となくスイスへ送った。骨相学賞賛の論文を書き、ラヴァーターが大著の公刊にこぎつけるまで、あれこれと手配した。

骨相を分類するためには骨の形態に通じていなくてはならない。骨の数、大きさ、形状、接合ぐあい、隣接した骨とのかかわり、骨の陥没……。ビュフォンの『博物誌』といった本には多くの図版がついている。そこに見る動物の骸骨や頭骨を克明にペンで筆写して名前と形態を勉強した。

ワイマールから南西に下ったカッセルの町に象の骸骨が保存されていた。一七八〇年に見世物としてつれてこられたが、事故のために死んでしまったのを、解剖学者が骨の標本にした。ゲーテは使いをやって象の頭蓋骨を借りだし、こまかくペンで写しとった。

ゲーテの骨学にとってラヴァーターは恩人であり、だからこそいろいろ面倒をみたのだが、そのゲーテ自身が「変わり者」と述べているように、ラヴァーターのへんくつぶりに手を焼いた。『骨相学断章』が無事公刊をみたとき、大著の扉に著者の横顔が収まっていた。その骨相を診断して、ゲーテがメモをつけている。

「この目はなるほど、目蓋の上部に力強い天才性をのぞかせているが、眼球そのものはなんとしても見られたものではない」

おそらく二人の仲がかなり冷えていたのだ。そのせいかゲーテは顎間骨の発見のことを、骨相学の大家には知らせなかった。


骨学だけにとどまらなかった。顎間骨は宗教ともかかわっていた。ゲーテが友人や恋人に秘密を誓わせたのは、よく知っていたからである。世間に洩れたりすると、どんな反撃をくらうともかぎらない。骨学や解剖学の学者だけではない。宗教者が乗り出してくる。

人間が、つまるところ猿と同じだなど、あってはならないことだからだ。

十八世紀を通じて、たえず論議されてきた問題だった。神の被造物としての人間が、しだいに怪しくなってきた。ひんぴんと情報が入ってくる。アフリカやアジアに住む類人猿が報告されていた。それは頭部に脳をもち、直立して歩く。神の英知によるところのホモ・サピエンスとちっとも変わりがないのである。

自然界における人間の特権的な地位が大きくゆらぎはじめていた。そんなさなかにオランダの著名な解剖学者ペーター・カンペルが画期的な論文を発表した。人間は、人間以外の動物がすべてそなえている顎間骨をもたず、だからして猿はあきらかにホモ・サピエンスではないのである。

骨をもっと勉強するため、三十代はじめの一年間、ゲーテはワイマール公国の大学町イェーナに通い、解剖学を聴講していた。講義のなかではくり返し、カンペル学説が語られたはずである。それは当時、人体に関し権威ある定説というもので、だからこそゲーテは顎間骨を見つけたとき、内臓がわななくほど興奮した。

宗教界はとりわけ猿に敏感である。うっかり同一性をいい立てたら、瀆神《とくしん》の嫌疑を受けかねない。ゲーテは慎重にことを運んだ。まず、細密画の得意な画家に猿の頭蓋骨と並べて人間の上顎を描かせた。つまりは証拠写真というのにあたる。さらに発見の顚末《てんまつ》をくわしくつづり、宮廷の書記官に清書させ、これをペーター・カンペルに献呈した。そこには書記官におなじみの流麗な書体で、ただつぎのようなタイトルだけがしるされていた。

「顎間骨が人間と他の動物に共通していることに対する比較骨学上の試み」

公表をその筋の権威にゆだねたわけだ。

ゲーテの予期に反し、カンペルは興奮も感激もしなかった。そもそも、いかなる反応も示さなかった。カトリックの屋台骨を支えるオランダ王国にあっては、人骨の扱いにひときわ用心がいることをこころえていたのだろう。要するに、ワイマールの一素人学者の発見をあっさりと握りつぶした。

このあとの経過が、いかにもゲーテらしい。ガッカリはしたが、だからといって改めて自分の発見をいい立てなかった。そもそも定説を打ち破るために頭蓋骨をひねくりまわしていたわけではない。ゲーテの関心は顎間骨とは、まるきりべつのところにあった。

骨相学を通じてイヤというほど思い知った。顔をつくっている骨格は誰もが同じである。個々の骨の数も形状も接合ぐあいもひとしく、さらに誰にも定まった骨が一定の場所にあって、同じ機能をになっている。にもかかわらず、顔ときたら千差万別、どれもちがっていて、同じ顔は一つとしてない。この多様さは、いったい、どこから生じるのだろう？

逆にどんなに多彩に変化していても、もとをたどっていくと一つの定まった型にいきつくとすれば、はじめに一つの原型、あるいは「原器官」というものがあって、それが多様な形に変形したのではあるまいか。とすると、どの生物も現に見るような姿になるまでに、さまざまな形態変化の過程をもっていたにちがいない。

人骨以外にもカッセルからとり寄せた象の頭骨をはじめとして、ゲーテは多くの骨を検討した。ひところ牛の頭蓋骨を集めていた。その顎を観察して、なぜ牛に角《つの》があるのかをつきとめた。牛はライオンや犬よりも歯の数が少ないのだ。ドイツ骨学の雑誌に発表した論考のなかで、ゲーテは述べている。

「牛は角をもつから突くのではない」

突くために、いかにして角をもつようになったのか、それが問題だ。牙《きば》をもたず、歯の数が少ないことが形態変化をうながして、角をもつまでになったにすぎない。それが証拠に上顎に牙をもつ動物で角をもつものはいないし、ライオンには角はない。すべての歯をそろえた上で、さらに角をはやすような「余力」を、自然はそなえていないのである。

ヘビには足がない。骨格が示しているが、ヘビの胴は「いわば無限に長く、胴それ自体がみずからを補助器官として役立てる必要がない」からである。いっぽう、キリンの首が胴体を犠牲にして長くのびたのに対し、モグラでは首がちぢんで胴体だけとなった――。

三十代のゲーテは、しきりとこの種の論文を骨学雑誌に投稿していた。そんな多少とも変わり者の宮中顧問官だった。

原器官が変幻自在に「かたち」を変えていく。だが、おのずからそこには限界があって、代償作用の法則の許す範囲でのこと。そのかぎりでは自由に部分を伸張させ、べつの部分を収縮させる。ゲーテは骨を通して突きとめた。変化は骨の構造全体によって制約されているが、同時に骨の部分が骨格全体の変化をも制約する。部分が相互に関係し合って、どの部分も他の部分のため、かつは他の部分によって存在している。

骨学が、いつしか認識論に変容しているのがおわかりだろうか。同時代人のカントが『判断力批判』のなかで、よく似たことを述べている。

「それ自体、あるいはその内的可能性からして自然目的と判断される物体については、次のように考えるべきである。すなわち、その物体の各部分は、いずれも形式ならびに結合という点で相関関係にあり、みずからの因果性にもとづいて一つの全体を生み出している。その一方、全体の概念は、当の全体の原因ともなる。……自然の有機的な産物とは、そのすべてが目的であると同時に手段ともなり得るような存在をいう」

プロシアの哲学教授が概念の世界で問題にしたところを、ゲーテは骨をいじりながら考えた。

イタリア旅行がはさまる。足かけ三年にわたりゲーテはイタリアに滞在して、あちこち旅をした。「きみ知るや南の国」のむせ返るような自然と、北方の公国のものさびしい小世界では、まるきり様相がちがうのだ。ゲーテは植物に目をひらかれた。『イタリア紀行』には町々の地質や風土に合わせ、きっとその地の樹木や草花が書きとめてある。はるばるとシチリアまで足を運んだのも、首都パレルモの公園の有名なキョウチクトウを、ひと目見たいためだった。

イタリアから帰ってのち、骨学が植物学に替わった。ワイマールでは官舎のほかに川沿いの山荘を拝領していた。建物は粗末だが、広い庭があり、そこが観察のための場になった。ゲーテはせっせとトウヒや杉の苗を植え、リンゴを栽培した。ゼニアオイ、ツリガネソウ、スミレ、バラ、ヒヤシンス……。一人の勤勉な園丁にして、かつ植物学者である。人体における骨とちがって、こちらは形態変化の一部始終をわが目で見ることができる。種子一つがいかに多様に変容していくものか。発芽して茎をのばし、葉を出し、萼《がく》を形づくり、花を咲かせ、果実を実らせる。その過程の一部始終であって、形成、変形、結合、着色、拡大、硬化、脱色、脱離……。そのつど記録写真をとるようにしてスケッチにのこしていく。

ゲーテが「原植物」と名づけたものは、動物における「原器官」にあたる。それが茎や葉をのばすのは、ゲーテによると、「まず伸張が認められ、つぎに収縮によって萼が生じ、さらに伸張によって花弁が生まれ、再び収縮によって花が形成される」。花弁は伸張の状態にあるオシベであると同時に、オシベは収縮した花弁でもある。また茎や葉についても同様で、それは樹液の浸透によって伸張した萼であるとも考えられるし、萼はまた収縮して一段と精妙になった茎でもある。果実においては最大の伸張が作用し、種子においては最大の収縮が働いている。そのようにして自然は、「両性による植物の生殖」という永遠の作業をたえまなくつづけている……。

四十一歳のとき、ゲーテは「植物の変容を解明するための試み」を発表した。論文というより断章をパラグラフのように番号をつけてつらねたもので、合計一二三項からできており、観察と思惟または直観の集成といっていい。

「伸張」「収縮」といった独特の概念のほかにも、特有のいい回しがいろいろ出てくる。ここでは原器官にあたるものが「葉」とよばれている。さまざまな形態に変化する器官であって「葉」は仮の名、実のところ、ぴったり応じた一語がないのだ。カントの『判断力批判』にならっていえば、全体を規定しつつ当の全体の原因となるもの。「伸張」と「収縮」の概念も不十分であって、ゲーテは代数の記号を提案している。

「(植物の各部分を)変化させる力、これを代数学に倣ってXとかYとかよぶのはどうだろう」
伸張や収縮だけでなく、形成や変形、結合、分離など、もろもろの作用をひきおこす。その際の法則を究明する際、二つの過程をはっきりと区別しておかなくてはならない。

一　ただ一つの原器官が、原植物あるいは原型を構成する部分へと変形していく過程。

二　原型あるいは原植物が、自然界に存在する多様な動植物の形態へと変化していく過程。

性急に名称を押しつけてはならない。さしあたってはXあるいはYといった記号でよぶほうがいい。言葉をあてようとすると、おそろしく多くの語彙《ごい》を費やさなくてはならないからだ。その変化はつねに、ゆるやかで、ひそかに進行する過程である。

ゲーテが「形態学（モルフォロギー）」と名づけた新しい学問は、ちょうど植物の種子が芽をふいて、ゆっくりと茎や葉をのばすようにして成長した。骨学にかかわるもろもろと植物の形態変化を綜合したもので、一七九〇年代以後、しだいにまとまりを見せていった。「形態学のために」と題してノートの分冊の形で公刊するにあたり、その第一分冊のはじめにゲーテは書いている。

「観察を通して自然との我慢強い戦いをはじめるとき、まずそれを征服したいという衝動に駆られるものだ」

しかし、じっと我慢して観察をつづけていると、やがて対象が力強く迫ってきて、おのずと自然の威力に気がつき、その発展に敬意を払わずにはいられなくなる。

ゲーテは「征服」の名のもとに、植物学者リンネがしたような分類と学名の命名を批判した。それは植物や動物の存在を、人間のための観点からのみ整理し、容認したものであって、つまるところは支配への意志を如実に示している。たえず人間が優位に立っており、人間的な有用さから測定して数字と量を一覧表にする。そのとき対象は消え失せて、すべては抽象的な関係にすぎなくなるのではなかろうか。ゲーテは述べている。

「数と量は、それ自体が形態を無に化して、いきいきとした観察の精神を駆逐する」

形態学はそうではない。これは生きとし生けるものの生成の過程を観察するものであって、その微妙な変化を目でもってたしかめ、生成させる力に近づこうとするもの。つまりは誰もが日常でこころえている基本原理から成り立っており、いかなる学説とも衝突しないし、おのれの場を獲得するため、ことさら他のものを押しのける必要がない。しかも現象を総括するときの精神の働きは人間の本性にかなったものであって、はなはだたのしく、たとえ総括の試みが失敗したとしても、試み自体はムダではない。いや、優美ですらあるだろう——。

ゲーテは新学問の創始者であるとともに宣伝役も兼ねていた。念のためというように分冊の扉に「ヨブ記」からの引用を題辞として掲げている。

「見よ、彼《かれ》、わが前を過ぎ給う。しかるに、われこれに気づかず。彼、姿を変え給う。しかるに、われこれを覚らず」

形態の生成はつねにひそやかに、またゆるやかに進むものであって、その微妙な変化のなかにこそ、生まれ出るものの意味がある。

もの静かなワイマールの山荘でしるされたものだが、ゲーテは浮き世ばなれしたことに熱中していたわけではないのである。一七九〇年代であって、おりしも隣国フランスで革命が進行していた。革命派と反革命派が角突き合い、毎日のように処刑と流血のニュースが伝わってくる。力による人間社会の変革に対し、自然のひそかな生成を讃えるノートを出しつづけた。血で血を洗うような変化への精一杯の批判をこめてにちがいない。

その反時代性は以後もずっと引きつづいた。ニュートンにはじまる近代科学は、数学をもたないかぎり科学ではない。測定できるもののみを測定の対象にして、数と量とシステムに化さずにはいないのだ。おのずとゲーテの形態学は創始者ひとりで終わり、ついぞ後継者をもたなかった。

名句の作法

ゲーテは名句の名人だった。意味深い言葉をどっさりのこした。その大半が詩句の形をとっている。詩の約束をきちんと守り、韻を踏んで、しかも調子がいい。音の効果を計算に入れている。そのため覚えやすく、いちど覚えると忘れない。

「まだ進んだ者がいないところにこそ、まず先んじて道をつけよう」

ぴったりである。「生き方」とか「思考」、あるいは「真理」といった項目におあつらえ向きだ。しかし、これは元来、スケートを讃える詩の一節である。ゲーテが二十代のころ、つまり一七七〇年代に新しいスポーツとしてあらわれた。当時は「氷すべり」といったようだが、骨製のスケートを紐や革で靴にくくりつけてすべる。多くの詩人が「スケート讃歌」を書いているところをみると、大いに流行したらしい。

ゲーテは山登りや乗馬が大好きだった。頑健なからだの持ち主であって、何日もぶっつづけで山野を歩く。何時間も馬を駆けどおしにしてへこたれない。彼はもともと机の前にすわりこんで、終日執筆するようなタイプではなかったのである。

冬のあいだ、ドイツの川のおおかたが凍りつく。いちめんの氷が陽ざしを受けると、鏡のように白く光る。川に下りると氷がすき通っていて、薄いガラスをすかしたように青い水や、川底や、水草が見える。どうかすると魚の背ビレがのぞいたりする。

心配無用
すべれ　すべれ
まだ進んだ者がいないところにこそ
まず先んじて道をつけよう

さらによく読むと、単なるスケートでもなさそうだ。ふとしたはずみで割れるかもしれない氷が、微妙な男女の仲にかけてある。それはつづく三行でわかる。

愛する人　おびえなくてもいい
音がしても割れはしない
氷が割れても　仲は割れない

すでに何度か触れてきたが、シュタイン夫人といって、夫はフリートリヒ・フォン・シュタイン男爵、地位は主馬頭《うまのかみ》、つまり厩舎《きゅうしゃ》長である。夫人はゲーテより七歳年上で、七人の子供がいた。氷すべりに託して七人の子供の母親に意味ありげなことをさそいかけている。それにたしかに氷上の動きは、男女のことがらとよく似ている。近づいては離れ、また急旋回して接近し、手を握りあって遠ざかる。どうかすると、もつれあってころんだりする。

わたしたちの生まれたところは？
愛
わたしたちの滅びるところは？
愛

つづいて同じように歌っていく。わたしたちを助けるものは？　わたしたちを泣くことから救うものは？　わたしたちを結びつけるのは？　そのつど「愛」のひとことが返事をする。

『愛の歌』といったアンソロジーには欠かせない。愛の名句にうってつけ。もともとシュタイン夫人宛の手紙に添えられていたもので、ゲーテ自身もあまりにあからさまな愛の讃歌に多少ともテレくさい思いがしたのだろう、本で見かけた旨を断っている。

全集版の注によると、十七世紀の司祭でアンドレーエといった。その著書から借りて詩の形に作り直したらしい。ミサのあと、いかにも司祭が説教壇から思い入れたっぷりに語りそうなセリフである。「何がわたしたちに味方してくれるのでしょう？　愛です。何がわたしたちの涙を拭ってくれるのでしょう？　愛です。何が人間を一つに結び合わせるのでしょう？　愛です……」

ゲーテの場合、一・三・五と奇数行が脚韻をとり、二・四・六と偶数行がリーベ（愛）の一語で終わっている。女の耳もとで、ひそひそと愛を囁いている方式になっている。

ゲーテの生まれた一七四九年から死の年である一八三二年までを、ためしに世界史とひき合わせてみると、奇妙なことに気がつく。ゲーテの青年期から壮年期にかけて、二つの大事件があった。一つはアメリカの独立戦争と合衆国の誕生であり、いま一つはフランス革命と共和制の成立である。いずれにも自由と革新の気運がみなぎっていた。

いっぽう、ドイツはどうだったか？　この間、とりたててしるすべきことは何も起きていない。何も変わっていない。あいかわらず二十あまりの国にわかれ、旧態依然とした宮廷政治がつづいていた。

小国ワイマールはともかくとして、たとえばプロシアはどうだったか。ドイツにあって北の雄国をもって任じていた。ゲーテがワイマールで実務にあたっていたころ、プロシア国王はフリートリヒ・ヴィルヘルム二世といった。由緒ある名前を二つもいただいていたにもかかわらず、ごく気の弱い人間だったようである。軍部と官僚の刷新を図ったが、思うようにならない。宗教界を手なずけようとしたが、抗議されると、すぐに腰がくだけた。教育や思想をめぐり、くり返し勅令を出したが、きれいさっぱり無視された。

やがて取り巻きに政治的山師や僧衣姿のペテン師が入りこみ、権力を食いものにした。薔薇十字結社とか、魔術や錬金術を売りものにする秘密結社がはびこった。イカサマくさい連中が、わがもの顔で宮廷に出入りする。その現状に、よほど我慢がならなかったのだろう。シラーはわざわざ『招霊妖術師』といったモデル小説を書いて、ペテン師たちの暗躍ぶりを暴露した。

ゲーテの壮年期には、息子のフリートリヒ・ヴィルヘルム三世がとって代わった。フランスでは、ナポレオンが格調高いナポレオン法典を掲げて王座についた。プロシアではどうだったか？　フリートリヒ・ヴィルヘルム三世は四十年あまりの在位にあって、さっぱり歴史に名をとどめていない。つまりは何もせず、新規の何ごとも図らなかったからだろう。当時、人々がいいそめした言葉を借りれば、もっぱら「ビヤ樽とビヤ樽のような奥方」を愛して、ほかにとりたてて王の関心をひいたものはなかったらしいのだ。

大国プロシアにして、このありさまである。ほかの小国は、おして知るべしだ。老人と小官僚がのさばっていて、若い才能の入る余地がない。むしろ才あればあるだけ排除され、冷遇される。同時代の劇作家レッシングは職を求めて各地を転々とした。詩人ヘルダーリンは狂気に陥《おちい》った。シラーは、吹けばとぶような小新聞に寄稿して、ようやく息をついていた。ゲーテがありついたのは、ワイマール公国という小国の執政官だった。

個性と能力に対して、社会はそれを受け入れるシステムをもたない。いかなる活躍の場も与えない。とすれば外界から意識的に目をそむけて、内部にひきこもるしかない。ゲーテはしばしば「内的世界」という言葉を口にした。それはまた時代の合い言葉というものだった。才あって世にいれられない者たちの精神生活を支えたものだろう。外の世界と縁を切って、内部の世界にとじこもる。ドイツの文学や思想にくり返しいわれる観念性のはじまりである。

それはまた名詩や名句の土壌でもあった。言葉の小世界に耽《ふけ》っているかぎり、現実を見なくてもいい。かかわらなくてもすむ。言葉の世界では自由に英知をひそませ、愛を語りかけ、美しい夢をつむぐことができる。ただし、そのためにはミューズのお相手が必要だ。教養と知性をそなえ、文学や思想を語り合える相手であって、自作の朗読の聞き役となってくれて、悩みを我慢づよく聞きとってくれる人。そして適切な慰めを与えてくれる。なろうことなら美しい令嬢が望ましいが、小さな公国には、そんな気のきいた娘はいない。七つ年上のしっかり者、七人の子持ちの主馬頭夫人がさしあたってのミューズになった。

イルメナウ鉱山を訪れたときのことだが、岩のあいだに小さな花が咲いていた。シュタイン夫人への手紙に添えて詩句にした。

はかないものながら
とこしえの愛のしるし

手紙につける短詩は、わが国の俳句や短歌にあたる。筆のすさび、また文人のたしなみで、用件をしるしたあと、「最近の腰折れ一つ」などと断って書き添えるのと同じである。シュタイン夫人の姓シュタインは、「石・岩」といった意味をもっている。シュタインの山をさまよっていて見つけた花をシュタイン夫人に送る。「はかなさ」と「とこしえ」のコントラストをきかせて韻を踏む。さらに「とこしえ」は石のように変わらないところから、シュタインの縁語とされており、そこにもひそかな薬味がきかせてある。愛の詩であっても、用語措辞に工夫がこらされ、いろいろと細工がほどこしてあり、意匠ずくめで、ことばの工芸品というべきものだ。愛そのものの意味合いはかぎりなく少ない。

カール・アウグスト公直々の招聘《しょうへい》もあって、ゲーテには市中の官舎のほか、少しはなれたところに庭つきの家が与えられていた。ゲーテはフランクフルトから家僕を呼びよせて、主に庭つきの家で男だけの二人ぐらしをしていた。暇があり、しかもじっとしていられないたちである。庭に手ずから木や花を植えた。ブナ、トウヒ、リンゴ、ゼニアオイ。花はスミレ、バラ、ヒヤシンス、ツリガネソウ。野菜ではイチゴ、アスパラ。春になって芽が出ると、摘みとって虫眼鏡で花弁を調べる。スケッチをとる。詩にうたう。石を運ばせて据えつける。ベンチをつくる。友人に手紙で報告する。とにかく、落ち着きのない男である。何かしらしていないではいられない。

リンゴが赤らんだ。イチゴが実った。それをシュタイン夫人へとどけさせる。むろん、手紙をつけておく。庭に石を運ばせたのは魂胆あってのことのようだ。いとしい人、シュタイン（石）夫人が、昼も夜もそばにいる。

シュタイン熱がもっとも高まっていたころと思われるが、一日に三通の手紙を送った。そのつどメッセンジャー役の家僕が駆け出していく。

そんなときに託された詩の一つは、「ディスティコン」というスタイルで書かれている。古典ギリシアにはじまった詩型で、それにドイツ語を移してみた。こまかい規則がある。二行ずつが一組になり、先の一行がヘクサメター、あとの一行がペンタメターという詩型を守ってつづいていく。いわば短歌の上の句と下の句であって、また短歌と同じように、書くときは下の句を少し落としてはじめる。

ほかにも複雑なきまりがある。脚韻をとらないかわりに、決まった抑揚をもたなくてはならない。二行とも六個の揚をもち、それぞれの揚が一つ、また二つの抑をはさんで、詩語にいう「一歩」の詩脚をつくる。ただし、二行目は三番目と六番目の揚に抑をつけず、「半歩」のままにのこす。そのため上の句がヘクサ（六）メター、下の句がペンタ（五）メターとなるわけだ。とっくに死にたえていた古典詩のスタイルが、どうしてドイツでよみがえったのか。つまるところ「内的世界」の産物にちがいない。詩型が複雑であればあるほど、より深く、より知的に惑溺《わくでき》できる。外の現実を閉め出しておくことができる。

もともと異国語の詩型を強引にとりこみ、こまかく規則だけ守ったもので、ことばの操作に無理がある。ゲーテをはじめ、このころ、多くのドイツの詩人がこのスタイルの詩をどっさり書いた。古典主義の詩風とよばれ、みずからを好んで、おそろしく窮屈な制約のなかに追いこんだ。その異様さが、おのずと現実の閉塞感と無慈悲さをうかがわせる。

「愛は悲喜を分かち合い、想いつづける愛」

全集では一行に収まっていて、尻切れとんぼのようだが、これは手書きにしないとわからない。

ハルツ山地の湯治場の一つをピルモント温泉といって、ゲーテはおりおり出かけていった。川沿いに遊歩道があって、日がな一日、湯治客がそぞろ歩いている。著名人が来るときは土地の新聞が伝えるので、けっこうな暇つぶしというものだ。ささやき交しながら、その人の散歩姿を見守っている。しかし、つましい温泉町には、世に知られた名士はめったにやってこないのだ。

ゲーテはその数少ない一人だった。ワイマールの詩人顧問官が川沿いを歩いていると、サイン帳をもってサインをたのんできた人がいた。研究者が調べあげているので、名前もわかっている。マリー・ツェンデルスといった。年齢は不明だが、「悲喜を分かち合う」愛の歳月をみてきたらしいから、かなりのお年と思われる。そもそもサイン帳をかかえて名士に駆け寄っていくなどは年配の暇人にかぎるのだ。

活字では「リーベ（愛）」が、最初と最後にあって、へんなぐあいだが、ゲーテはきっと立ちどまり、サイン帳を受けとって、ひと思案した。白い頁に彼はきっと丸く書いたにちがいない。「愛」の一語が二度のつとめを果たし、一つに結ばれ、しかも円をまわって永遠につづく。サイン帳の女性も、まわりからのぞきこんでいた人も歓声をあげ、口々にアイデアの秀抜をいいそやしたことだろう。たのしげなお礼の言葉を背に受けて、ゲーテはふたたびゆっくりと遊歩道を歩いていった――。この世紀が生み出した、もっとも可憐《かれん》な文学的情景というものではなかろうか。

『ファウスト』のなかの可憐な歌として知られている。マルガレーテがつむぎ車をまわして糸をつむぎながら、恋人ファウストのことを思っている。恋をしてからというもの、この頭は、どうなったのだろう。五体がどうかしたのか。

やすらぎは消えた
こころは重い
もうどこにも
みつからない

リフレーンのようにいとしさがくり返される。恋人の姿が浮かんできて、いても立ってもいられない。あの目、あの口、あの姿。

胸でせまる
あの人をもとめる
この手に
つかまえたい

「好きなだけ／キスしたい／あの唇の上で／ほろびたい」

一途な町娘の絶唱といっていい。民謡のような素朴なつくりだが、それはみせかけであって、とびきり巧みに素朴さをよそおっている。四行十連からできていて、各連の偶数行がきちんと脚韻を踏んでいる。単純なくり返しだが、その単純さが、カラカラまわるつむぎ車の単調さと、同じ思いがめぐってくるさまを示すつくりになっている。

『ファウスト』を完成したのは晩年になってからだが、初稿にあたるものは二十代の半ばに書いた。「原《ウア》ファウスト」とよばれるもので、悲劇第一部のかなりの部分を含んでいる。

初稿はながらく行方不明だった。ゲーテの死後半世紀ちかくたって偶然見つかった。

そこでは歌のしめくくりの四行二連がくっついて、八行一連になっていた。もう一つ、ちがったところがあった。「胸でせまる」ではなくて「膝（ショス）でせまる」。そのあと、当のマルガレーテが、「おやまあ（ゴット）」といって、手で口をふさいだ。ショスは「膝」以上に「股」であるからだ。ゲーテはのちに初稿をあらためて、股を胸に変更した。

そんな時代であり、そんな文化だった。立腹すると、貴族もその夫人も粗野な言葉でどなり合ったし、酢漬キュウリとジャガイモの食卓がご馳走だった。「暖炉の臭気」を掻き出すというとき、煤《すす》よりも小水のそれだった。しばしば夜中に暖炉で用を足したからである。宮廷といえども、さしてちがいはなかっただろう。人々の不潔なからだからスエた臭いが漂っていた。からだが臭う点では、官女も町娘もちがいはない。そして男と同じく女たちもまた、胸よりも股で愛した。

埋め草名人

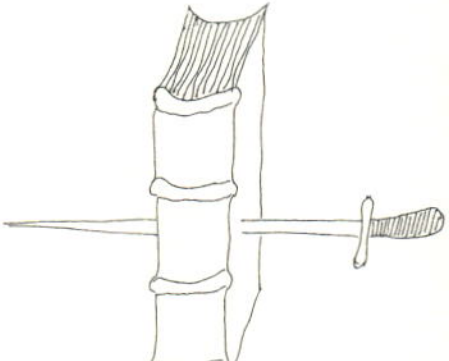

ゲーテはいたって筆まめだった。気が向けば、どこであれすぐに書いた。また、どこででも、ちゃんと書けた。紙さえあればいい。ポケットに残っていた勘定書、芝居のビラ、紙切れ、封筒、何かの余白。そこに思いついたのを書きとめておく。

川沿いのレストランか何かで魚料理を食べていたのではあるまいか。たとえばカワヒメマスのフライだ。川魚というやつは小骨が多い。のべつフォークを休めて、歯にはさまったのを指先でつまみ出す。へたをすると、のどにひっかかったりするからだ。

つまみ出したのを皿のはしに並べていく。そのうち大皿のまわりに小骨の列ができた。

とするとメニューとか、「本日のおすすめ」の裏にでも書いたものか。

気ながを要するのは
大業を前にしたとき
山登りをするとき
魚を食うとき

四行とか八行とかが好きだった。ほんのちょっとした思いつきでも、書くからには、きちんとした形を与える。形式を用意する。ここでは、二行目以下がすべて原文はトの音で終わっており、これと、それと、あれと、といったぐあいに数えていくときのリズムの役まわりをおびている。

べつの四行物を、もう一つ。

あとになってわかるものは
戦争中の働きぶり
賢者の立腹

友人の困窮

ほんとうのヒーローは自分から働きぶりを吹聴しまわったりしないし、賢い人は腹立ちをあらわに見せない。まことの友人は借金を申し入れたりしないものだ。どれがきっかけでゲーテがメモをとったのかはわからないが、いちいち思い当たる。

ゲーテの全集では、こういった四行物は「箴言《しんげん》と省察」といった巻に収まっている。タイトルがなんとも、ものものしい。川魚の小骨とともに生まれたとは思えない。芝居の幕《まく》間《あい》に頭をかすめたしろもので、ビラのはしの箴言だったとは想像できない。しかし、たしかに川鱒のフライとともに生まれ、芝居ビラがオリジナルだった。ふつうならその場のひまつぶしとして、すぐに消えていく。当人すら忘れていて、何かのおりに見つけても、せいぜいのところ苦笑いしながら処分する。

筆まめなゲーテはまた整理好きであって、雑多に書きとめたものを、あとでまとめて清書した。その際、多少の手直しをしただろう。さらにそれを埋め草に使った。連載をしている雑誌に声をかけ、小さな欄にのせてもらう。アキの余白が出ないので編集者にとってもありがたいのだ。頁のすみに囲みつきで入れる。その際、通しのタイトルが入り用なので「箴言と省祭」などと、少々もったいぶってつけておいた。ゲーテ自身の命名なのか、編集者がひねり出したのか、あるいは両者の相談ずくなのかはわからない。埋め草用がそのまま全集に移行して、ものものしい表題になってしまった。

お歴々が自宅でパーティを開いたときなど、「ゲステブーフ」なるものが用意されている。記念のサイン帳だが、家宝の目録のように豪壮で、モロッコ革で装幀されていたり、天金仕立てだったりする。宴たけなわ、あるいは終幕が近づいたころ、たいていは女主人がいそいそと持ち出してくる。

日付の入った下に名前だけ書けばいいのだが、それでは愛想がない。謝辞の一つもつけておく。気取った人は格言めいたものを添える。古典作家の名句がいい。そのまま借用するのはぶしつけなので、ほんの少し変化をつける。もじりを入れる。こんなときのために日ごろから、ほどのいいのを用意しておく。

女主人にならって、その家のチビがサイン帳をもってやってくる。幼い者には宴の終わりとはいかないので、たいてい玄関で待ち受けている。

「おっ、ワルター君か、大きくなったねえ」

きれいに髪を二つに分け、一丁前に蝶ネクタイをしたのが、しゃちこばって立っている。

「いくつになった？」

そんな言葉をかけながら、差し出されたノートに、ひとことを書いてやる。

ワイマール公国にシュピーゲルという式部官がいた。ゲーテ自身、生涯の大半をこの公国で宮仕えをした。つまりは同僚である。その夫人はエミーリエ・フォン・シュピーゲルといって、文学好きの才女として知られていた。当年七歳のワルター君のサイン帳に、彼女は書いた。

人がこの世に許されているのは二・五分
笑いのための一分、ため息のための一分
あとの半分は愛のため
人は愛の途中で死ぬものだ

全部借りものである。ロマン派の作家ジャン・パウルの作。

ゲーテは夫人の肩ごしに、ワルターのサイン帳をながめていたのではなかろうか。七歳の少年にまで、自分の文学趣味をひけらかす女のスノビズムが鼻もちならない。サイン帳がまわされたので、すぐ下に書きそえた。

一時間は六〇分だ

一日は一〇〇〇分以上だ
ボクよ、これを忘れるな
やろうとすれば何でもできる

自分の教養をほめられるつもりで横からのぞきこんだ式部官夫人が、いったい、どんな顔をしたものか。ゲーテ全集の注解によると、一八二五年四月のこと。このときゲーテ、七十六歳。書き終えたあと、ニコニコ笑ってワルター君の頭をひと撫でしただろう。チラリと、かたわらの女を見返したかもしれない。なんとも食えない老人ではないか。

『西東詩集』は後半期ゲーテの代表的な詩集だが、十二の巻に分かれていて、いろんな機会に書かれたのを集めたものだ。詩集といっても、現代詩人のいう詩とは、およそ異質の作法でできあがったことがうかがえる。詩の形がまずあって、それにぴったりの素材と出くわせば直ちに一篇ができた。

タイトルにある「西東」はオリエントを指していて、勉強好きのゲーテは、せっせとオリエント関係の本を集め、ひまがあると読んでいた。気に入った個所には紙をはさんでおく。

『西東詩集』のなかの一つ「女の扱い方」をみてみると、全八行の脚韻がａ・ｂ・ｂ・ａ・ｃ・ｃ・ｄ・ｄのつくりになっていて三部構成でつくられている。

女の扱いには用心がいる
曲がったあばら骨でつくって
神は曲がりを直さなかった

旧約聖書によると、神はアダムのあばら骨の一つをとって女をつくった。たしかにあばら骨はゆるやかに曲がっている。そんな骨がもとになったせいか、女の体は曲線ずくめで、その曲がりぐあいが男を惑わせる。

矯《た》めれば折れる
放っておけば、ますます曲がる
アダム殿もお手上げだ

体の曲線に、心のひん曲がりがかけてある。魅力ある体の曲線も、年とともに老いの曲がりにかわっていく。

だからして女の扱いには用心がいる
あばら骨が折れて一巻の終り

文豪ゲーテが大まじめでこんな詩を書いていた。『オリエントの宝庫』という本を読んでいて、東方の神話のなかに女の扱い方が語ってあるのを見つけた。「女ヲ扱ウニハ注意セヨ。曲ガッタ骨ヨリ造ラレシ者ナレバナリ……」。ゲーテはきっとその個所に、しるしをつけておいたのだろう。つね日頃、冗談めかして女の悪口をいうときのやりとりと、そっくりではないか。そのままいただいて、ユーモラスな詩に仕立ててみた。a・b・b・a・c・c といったバラード形式を使うのはどうか。詩人は詩形の芸人であって、いつも芸を磨いておかなくてはならない。「女の扱い方」は、まず詩の練習帳にあらわれた。

そういえば『西東詩集』の巻立てに、「おもしろくない」の巻がある。ちょうど舞台の芸人が、客席からお題を頂戴して即席の都々逸《どどいつ》をつくるのと似ている。「おもしろくない」づくし。

たのしんでいると
やってきて水をさす
仕事がめだつと
石を投げてくる

まったく浮き世はいつもそういうものだ。やっかみ、そねみ、悪だくみ。勢いがいい人には、よってたかって足をひっぱる。ゲーテはなまじ若いころからめだっていたので、あれこれイヤなめをみたにちがいない。いただいたお題にかこつけて、ちゃっかり恨みをはらしている。

さてその人がくたばると
苦難の生涯をたたえて
記念の碑を建てるとか
寄付あつめに大わらわ

われわれにもおりおり、そんな挨拶状が舞い込んでくる。趣意書なるものがついていて、一口何万円とかの寄付をつのり、振替用紙が同封してある。ナントカ実行委員会の名前で、五人、十人と名前が並んでいる。最後にカッコつきで「アイウエオ順」のことわりがあるのは、名前の順にも、へたをすると、ひと悶着《もんちゃく》が起こるからだ。

それによって受けるはずの
自分たちの利益は計算ずみのこと
それよりも故人のことなど
きれいさっぱり忘れてはどうなんだ

まったく「おもしろくない」ことながら、ゲーテはワイマール公国顧問官といった立場上、無下に断るわけにもいかないのだ。そんなことをすると、何をいわれるかわからない。この十二行詩はまず、舞い込んできた手紙の封筒にでも書かれたのではあるまいか。得意の詩でもってイヤ味をあびせておく。そのあと流れるような書体で、「ご趣旨に賛同いたします。実行委員会の皆さまに敬意を表します」とか、書き送ったのではなかろうか。

ファウスト博士

ファウストは実在した。たしかにこの世に生きた人物である。ごく断片的だが記録が伝わっていて、おおよそのところがわかる。

一四八〇年、北ドイツ・ヴィッテンベルク公国のクニットリンゲンという小さな町に生まれた。ハイデルベルクへ出て神学を学び、その後は、当時の神学者や医者、天文学者の作法どおり、遍歴の旅に出た。諸国を廻って召しかかえてくれる大公や領主を見つけるわけだ。

ファウスト博士と称し、医学、占星術を売りものにしていた。「これまであったなかで、もっとも完璧な錬金術師」とも称していた。魔術に通じ、手相や地相もみる。火相また水利学にも通じている。

いかにもホラくさく、大言壮語するイカサマ師の流儀だが、ひとりファウストだけではない。当時の学者や文人たちは多かれ少なかれ同じようなホラを吹き、これみよがしにみずからを宣伝した。首尾よく手づるをつかむためには、当人が有能なPR係を兼ねていなくてはならない。錬金術は地中の水や火や鉱物とかかわっており、おのずと地相が読めるし、火相、水利学にも知識があった。遍歴のなかで得た情報や体験が地相や占星にかかわる予見能力を養ったにちがいない。あながち根も葉もないホラではなかったのである。

記録によると、一五一三年にはドイツ東部の町エアフルトにいた。一五二〇年、中西部のバンベルク、一五二八年、インゴルシュタット、一五三二年、ニュルンベルク。いずれも、あまり芳ばしくない記録である。裁判所の判決文、あるいは町の行政官による告示で、町からの退去を命じられている。「キリストの再来にひとしいこと」をやってみせると公言して、教会の怒りを買った。

退去にあたっては、ふつう期間を定めるものだが、バンベルクでは「即刻」と命じられている。有無をいわさない。従わなければ「鞭《むち》打ち刑」とあるから、さぞかし犬のように追い出されたのだろう。

ニュルンベルクでは「火刑」でもって威嚇された。よほど悪名がとどろいていたものか。「巫術《ふじゅつ》の王」と称したのがいけなかった。「黒魔術師《ニグロマンタ》」ときめつけられている。黒い魔術をつかって人心を惑わせ、聖なる教会に背く忌まわしい徒輩である。ゲーテは『ファウスト』第二部のなかで、「サビアの地、ノルチアに住む魔術師」のことを語っているが、イタリア中部のサビア山地には多くの魔術師がいて、世を惑わせるとされていた。その一人はノルチアの町で火刑を申しわたされ、すんでのところで薪に火がつけられるところだった。悪魔と結託して「黒魔術」を使った咎《とが》による。

ファウストに言及したもっとも古い文書にあたるものがある。一五〇七年八月の日付をもつヴュルツブルグ発信の手紙で、差出人は歴史家、また蔵書家としても知られたヨハネス・トリテミウス、宛先はプファルツ選帝侯おかかえの占星術師ヨハーン・ヴィルドゥング。その手紙のなかにすでにファウストは大言壮語する人物として語られているから、早くからこの世界でもめだっていたらしい。

「いままでの錬金術師のなかでもっとも完全な者であり、人が望むことは何でも知っており、何であれなすことができる、などと申しております」

しかしながら研究者によると、この手紙は額面どおりに受けとれないそうだ。手紙そのものが今日のそれとちがって、私信よりも公開文書の性質をもっており、ひろく伝わることをはじめから意図して書いた。宣伝パンフにあたり、気にくわぬ人間をペン先一つで失墜させることができる。ヴュルツブルグの歴史家は、声高にファウストを非難することによって、何らかの便宜を引き出そうとしたらしい。あらぬ疑いがかかりかけたので、相手をこれみよがしに槍玉《やりだま》にあげて、自分の立場をはっきりさせようとしたともとれる。よく読むと、すべてが伝聞にもとづいており、当人がたしかな情報をもっていたのでもなさそうだ。わざとらしく激烈な証言をして、プファルツ公の心証に働きかけようとしたとも考えられる。

いずれにせよ、以後、年とともにファウストの評判は悪くなり、どの町でも警戒されだしたことは記録が示している。晩年のファウスト像として伝わる古版画があって、そこには髪のうすい男が、ややうつむいた姿で描かれている。額のシワがめだつ。髪はうすいが豊かなヒゲがあって、それなりに威厳がある。上目づかいの、どこを見ているとも知れぬ目つきが、なにやらうす気味悪い。

南ドイツのシュヴァルツヴァルト（黒い森）に近いところにシュタウフェン・イム・ブライスガウという小さな町があって、晩年はこの地に滞在していたという。のこされた記録をみても、しだいに北から南へと下っているから事実かもしれない。古版画にあるような老錬金術師が黒いガウンを着て歩いていたとすると、町の人はおびえただろう。大人たちは十字を切って、あわてて横丁に逃げこんだのではあるまいか。

町の年代記によると、一五三九年のある日、シュタウフェンの町にあらわれた。すぐさま退去をいわれなかったのは、領主アントン・フォン・シュタウフェン公のお墨付きをもっていたからである。殿さまに招かれてやってきた者を、無下に追い出すわけにいかない。

なんでも、少し前までスイスのバーゼルにいたという。「万能の特効薬」を売り歩いていたところ、町角で馬に乗った立派ないで立ちの男によびとめられた。世に名高いファウスト博士ではないかと問いかけ、「ほかの仕事」を依頼してきた。ライン河の向こう岸のシュタウフェンまでお越しねがいたい。はばかりながら住居や食べもの一切のお世話をしよう。不自由はさせないし、たっぷりとお礼をする。ただし、注文どおりの「黄金の塊」が首尾よく生み出せたらの話。

シュタウフェンの領主が、永年の借金暮らしで首がまわらなくなっていることは、ひろく知れわたっていた。錬金術師の大一番で黄金をひねり出し、山のような借財を帳消しにしようとしたとしても不思議はない。

ファウストが入った宿「獅子亭」の地下に、シュタウフェン公の召使によって、つぎつぎと小道具が運びこまれてきた。炉やフイゴであって、フイゴで火をおこし、炉にルツボをかけ、煮え立たせる。呪文を唱えながら、火やルツボの中に粉末を投げこむ。火がパチパチとはぜ、そのたびに炎が細く高くのびる。

しゃがれ声で唱える呪文はいろいろあった。ゲーテが「魔女の厨《くりや》」の場に使った魔術本は、こんなぐあいだった。

「一より十をつくり、二はそのまま、三でイーコール、おまえは大金持、四は捨て、五と六より七と八をなせ、九は一なり、十は一にあらず……」

ファウスト自身が「熱に浮かされているのかね」とからかったが、大層らしく思わせ、神秘的なけはいをつくり出せばよかったわけで、おおかたが似たようなものだったのだろう。ゲーテは念入りにも、つづいて悪魔メフィストの口を通して注釈をつけた。

「いいかな、学芸なるものは古くて新しい。いつの時代もこんな調子で、三にして一、一にして三と、この手で真理に代えて誤りをひろめてきた」

南ドイツの小都市シュタウフェン・イム・ブライスガウは「ファウスト博士終焉《しゅうえん》の地」となっている。突然、ファウストの姿が消えたからだ。真夜中ちかくに大きな音がした。町の庁舎の塔にのぼるところに先の尖った不思議な足跡がついていた。この日かぎり、魔術師ファウストは地上からかき消えた。

当人が実験の無意味さをよく知っていたのかもしれない。あてのない試みであって、いくらフイゴを吹き、どれほどルツボを煮え立たせても、「黄金の塊」が生まれることはないのである。それでも奇跡を起こすかのようにふるまって、田舎領主をケムに巻き、路銀をせしめて、まんまと姿をくらましたのか。南ドイツのこの町からスイスはすぐ隣りだし、フランスにも近いのだ。

すぐあとに伝説が生まれた。つまるところファウストは「獅子亭」に逗留中、悪魔メフィストと交した契約の二十四年目がきたというのだ。悪魔はファウストの首をへし折って永劫の罰を下した。真夜中ちかくの大きな音は、ファウストの首の折れた音で、庁舎の階段にのこされていた足跡は、悪魔がファウストの死体を抱いて飛び立つとき、踏んばった跡だそうだ。そういえば悪魔の爪先は通常、カギ状に尖っている。

町当局は抜け目なく伝説を観光にとり入れた。かつて「獅子亭」であったという壁に、ファウスト終焉の由来が、ものものしい古文体のドイツ語で刻んである。予約をすると市庁舎の階段にのこる悪魔の爪先を見せてもらえる。

おわかりのとおり世に伝わるファウストは、すべて伝説でできている。つまりは民衆がつくり出した。ひそかな願望と、またひそかな洞察をこめてのことにちがいない。

伝説の一つによると、ファウストは悪魔に魂を売りわたすとき、一つの条件をつけた。それによると、悪魔は代償として何を問われても答えなくてはならず、しかもつねに真実を告げなくてはならない。世の人々が夢にえがいていたところであって、すべての問い、すべての謎に答える秘密の鍵があるというのだ。認識のいきつくところ、ついにはその鍵を手に入れる。

ゲーテの『ファウスト』では、世の果ての「母たち」の国に旅立つファウストに対して、メフィストが護身符をさずけた。送り出すにあたっての餞別《せんべつ》である。

「この鍵をもっていけ」

見たところはちっぽけだが、手にもつにしたがい、大きくなり、光りだす。それが世の果てへの行き方を教えてくれる。これに問えば、必ずや「母たち」のみもとに行きつける。

理性の時代の到来にあたり、ゲーテは巧みに伝説を利用した。とりもなおさず、はてしのない認識は悪魔に由来するものであって、行きつくところはとめどない進歩思想というものだ。すべての問いに答える秘密の鍵は、いずれファウストの両眼を盲《めし》いさせる。

さらにべつの伝説によると、ファウストこそ印刷術のそもそもの発明者とされていた。伝わるところによれば、グーテンベルグがようやく木版の印刷機械を生み出したころ、ファウストはすでに移動自由な文字を鋳造《ちゆうぞう》していた。むろん、あくまで伝説であって、信じるべき何のいわれもないのだが、しかし、巷《ちまた》の人々の意味深い思いというものではあるまいか。印刷術の発明以後、ながらく活字は人間の自己美化と精神的拡大への衝動をみたしてきた。とすると、活字メディアの発明者としてファウストを考えたのは、民衆の明敏な本能というものだろう。ゲーテは当然のように、その明察を借用した。ゲーテの『ファウスト』には冒頭に、活字人間としての主人公が登場する。あらゆる書物に倦みはてた中年学者であり、まさしく印刷術の申し子というものだ。

「なんてことだ。哲学をやった。法学も医学もやった。おまけに神学なんぞも究《きわ》めようとした。しゃかりきになってやってきた。ところがどうだ、いぜんとしてこのとおりの哀れなバカときている。ちっとも利口になっちゃあいない」

伝説の、つまりは民衆の英知を、ゲーテはちゃっかりといただいた。

あらためていうまでもなく伝説のファウストは錬金術師、また妖術師でなくてはならない。学問と魔術によって富と権力を手にしたいと願ったからだ。また「ファウストゥス」は人々のイメージのなかでは「幸いなる者」を意味していたらしいのだが、そこにはっきりと近代という時代に芽ばえていた基本の思想がみてとれる。要するに、この世界では「幸い」が問題なのだ。神による救いよりも、この世の幸福こそ誉《ほ》むべきものであって、それはひとえに若さと感覚の享楽にある。だからこそゲーテは書斎にこもった本の虫を三十歳若返らせて、享楽の巷へと向かわせた。ビヤ樽にまたがり、魔法のマントをなびかせて飛んでいく飛行家は、これ以上ないほど的確に、よみがえった「幸いなる者」の似姿を示していた。

ゲーテ以前に活字になった「ファウスト」本は無数にあるが、一つの点で共通している。伝わっている宣伝文の言葉を借りれば、こんなぐあいだ。

「大魔術師ファウスト博士の生と死。初めから終わりまでお道化が一杯！」

主に人形劇に使われたようだが、いかほど異本がどっさりあるにせよ、いずれも「お道化が一杯」の滑稽物だった。台本作者はしばしば、ファウストの地獄巡りという筋立てだけをきめておいて、あとは出たとこ勝負で即席を追加した。ゲーテが『ファウスト』第一部の「開演前」に語らせているのとそっくり同じで、座長たちはこぞって星雲を巻きあげ、雷鳴をとどろかし、はなばなしいスペクタクルを披露した。ファウストの首がとぶシーンでは、拍手があると、すぐさま首をつけ直して、あらためて高々ととばしてみせた。

民衆本「ファウスト」の一つだが、一五八七年の刊行年が入っており、死後半世紀もたたないあいだに、すでにさまざまなファウスト伝説ができあがっていたことがみてとれる。当時の習わしで、タイトルが中身の紹介を兼ねていて、むやみと長たらしいのだが、ためしに全部を掲げると、つぎのとおり。

『おとに聞こえし魔術師妖術師ファウスト博士が、年季を定めて悪魔に身を売り、そのあいだにみた怪異、みずからがなした不思議、そのあとの自業自得の報いの物語。大方は博

上)ゲーテ画「ファウスト」における地霊出現のシーン　1810〜12年頃
左)「ファウスト」第一部初演のときのポスター　1829年
右)ドラクロア画「ファウスト」挿絵　1828年

Hof = Theater.

Montag, den 19. Januar 1829.

Vierzehnte Vorstellung im vierten Abonnement.

Zum Erstenmal:

Faust,

Tragödie in sechs Abtheilungen von Göthe. Für die Bühne redigirt.

Personen:

Preise der Plätze:

Parterre 8 Ggr. Sperrsitz 12 Ggr. Parterre-Loge 12 Ggr. Erster Rang 16 Ggr. Zweiter Rang 8 Ggr. Dritter Rang 4 Ggr. Gallerie 3 Ggr

Das Theater-Büreau befindet sich im Hause № 1885 am Steingraben, und ist von Morgens 10 Uhr bis Mittags 1 Uhr geöffnet.

Der Anfang ist um 6 Uhr und das Ende nach halb 10 Uhr.

Die Casse wird um 5 Uhr geöffnet.

Unpäßlich: Herr Genast.

士みずから書きのこした文書により、世のすべての不埒《ふらち》、軽佻《けいちょう》、背神の徒の忌まわしい例にして、おぞましき見本、かつは心よりの警《いまし》めのため、ここにとりまとめて印書する』

表紙には念入りにも聖書からの引用がついていた。たとえばヤコブの書にみるような悪魔に対する警戒のよびかけである。

「汝ら、神に事《つか》えよ、悪魔に立ち向かえ、さらば彼なんじらを逃げ去らん」

ゲーテが参考にした『実説ヨハーン・ファウスト博士』といった本の大半が、こういったたぐいだった。その書きぶりからも、「すべての不埒、軽佻、背神を警める」ためというより、おもしろおかしく煽《あお》り立てるために出されたことはあきらかだ。世の人々にはヤコブの戒めよりも、罪悪のたのしみを説くメフィストの言葉のほうが、ずっとおもしろいのだ。そしてつねに「お道化が一杯」でなくてはならない。

この点、ゲーテの『ファウスト』も例外というわけではないのである。「アウエルバッハの酒場」では、人形劇にくり返しあったとおり、テーブルから派手にワインをほとばしらせたが、その種のお道化ならゲーテにもどっさりある。さらにゲーテは主人公ファウストを三十歳若返らせたが、時間を手玉にとるなんて、最大のお道化というものだろう。老いという、ごく自然で単純な宿命を、こともなげに帳消しにした。

時間を消しただけではない。ゲーテは主人公の記憶もきれいに忘れさせた。記憶の重荷を免れた点でいえば、まさしくファウストは「幸いなる者」にちがいない。

ただ一つ、うっかりしていたことがある。時間を手玉にとったとたん、そのかわり、こんどは一刻もとどまることができないことを忘れていた。時そのものよりも、なおあわただしく駆けまわらなくてはならない。

ゲーテの『ファウスト』はまた、期せずして近代文明史の簡潔な要約でもあるだろう。というのは、主人公は神秘家としてはじまって、ついで愛の人、技術者、銀行家、大土地の利用法を思案する企業家、そして最後は実利的政治家として終わっているのだから。のみならずこのファウストは、さまざまな仮面や衣裳のもとに忍びよる近代の誘惑そのものでもあるだろう。つまりが愛とセックス、酒、メランコリー、また超人願望である。

そして、どれにも収まりきらない人であって、個々人としては一人前だが、さまざまな自分を一つに統一することができない。そして、とどのつまり、すべての労苦は役立たずに終わる。この点、近代の行く末そのものともいえそうだ。

とすれば、なおのこと結末の救済がわからない。ファウストは純粋で、敬虔《けいけん》で、神の意にかなう生涯を送ったから救われたのではなかった。とんでもない。彼は少しもそんな生涯は送らなかった。いそいそと罪を迎え、罪科と戦いなどしなかった。また自分のなかの誘惑とも闘わなかった。ましてやその闘いに勝ちはしなかった。

最後の「神秘の合唱」として、「うつろうものは／なべてかりもの」とうたわれている。何が「かりもの」において示されたのか、ゲーテははっきりとは告げていない。告げられるのは、ファウストが愛によって救われるということ――これといった理由もなしに、である。その結末には、意味深長なパラドックスが読みとれる。ファウストの救いは、何によったか。失明と忘却である。永遠の行動家は、またきれいに忘れる人であって、百歳をこえる老人として、すべての過去を消し去るとともに、またくり返し忘れた。にもかかわらず、この忘れっぽい行動人間は、ひとえに記憶によって救われる。こともなく捨てた女の、死後にも及ぶ愛の記憶によって救われる。終幕にあらわれる贖《あがな》いの女の一人は、「かつてグレートヒェンとよばれた女」と断りがついている。彼女がすがるように近寄っても、ファウストには姿が見えず、思い出しもしなかった。

「気高い霊たちにとりまかれて、まだ気づいておられない」

新しい日に、ただ眩《まぶ》しそうに目をしばたいていた。最後にもう一度、若返って救われる。

くり返しいえば近代の要約というものだ。すべての尺度となり上がった人間が、夜を昼とし、時間を超え、記憶を法則に代え、自然をすっかりわがものとした。ゲーテはその『ファウスト』劇を「悲劇」と銘打っている。自然に対するこの人間の勝利は、もはやあともどりのきかない前進であって、むろん、悲劇であるからだ。

湯治町の二人

一八〇一年、ゲーテ五十二歳。頑健だったからだに衰えがみえはじめた。顔色丹毒、リューマチ、腎臓疝痛《せんつう》、神経痛。そんな病名が診断されている。顔にむくみができて、関節に痛みが走る。

当時の人々の考えでは、とっくに老境に入っている。ゲーテ自身、「五十男」と題する短篇小説を書いているが、人生の秋、それも晩秋に近づいた人物として描いている。それでも美しい女に出くわすと、すぐさま、いまひとたびの春を思わないでもないところがゲーテらしい。

この年は年明け早々に床についた。二月になって回復。床を蹴るようにして仕事にかかった。『ファウスト』第一部の仕上げ。それ以上に公務が待っていた。ワイマール公国枢《すう》密《みつ》顧問官兼財務局長ゲーテ氏は頭が痛い。宮廷はすでに永らく赤字に悩まされており、年ごとに負債がふえていく。『ファウスト』第二部のはじめに、悪魔メフィストフェレスが新しい金融システムを導入して負債を一挙に解決するシーンがあるが、まったくのところ、悪魔の手でも借りたいような心境だったのではあるまいか。

六月五日、ピルモント温泉へ療養に出かけ、七月半ばまで滞在した。ニーダーザクセンで知られた温泉で、心臓病、神経痛、疝気に効く。

筆まめなゲーテのおかげで、当時の温泉町のたたずまいと日常とがよくわかる。広場に面してドームと円柱をもつ飲泉館があり、そこから四方に遊歩道がのびている。ヨーロッパの温泉の多くは飲泉療法が中心で、毎日、きめられた量の鉱泉を飲む。飲むためには喉の渇きがなくてはならず、そのためにせっせと遊歩道を歩く。

「朝五時に起きて最初の飲泉をすませ、ひとまわりしてきたところだ」

妻クリスティアーネに報告している。八時から九時にかけてが朝食。ついで散歩。昼食前に二度目の飲泉。午後から夕方にかけて近くをそぞろ歩きして、夕食前にまた飲む。からだのなかの毒素にあたるものを、鉱水の力で排泄《はいせつ》するわけだ。

田舎町ピルモントでは、ゲーテはなかんずくの名士だった。散歩していると、まわりから好奇の目がそそがれる。なにしろ、だれもが退屈しきっており、歩くのと食べるのと飲む以外、何もすることがない。

サイン帳を持ち出してきて、サインをせがむ人がいたのだろう。『ゲーテ全集』には「一八〇一年七月、ピルモントにて」の断りのある詩がいくつか収まっているが、差し出されたサイン帳に書いたものにちがいない。

胸のバラをお捨てなさるな
バラはまたきっと花ひらく
その頬に、そのこころにも

「またきっと」が多少ともいじらしい。派手やかなバラの花を胸につけていた人の姿が想像できるのだ。とっくに花の盛りをすぎた女で、頬がたるみ、目の下がたるみ、むろん胸もまたたるんでいる。厚化粧で、羽根飾りつきの帽子をかぶり、笑うと顔中に小ジワがさざ波をつくる。

ゲーテは三十六歳のとき、はじめて北ボヘミアの湯治町カールスバート（現チェコのカルロヴィ・ヴァリ）に出かけた。ボヘミアは永らくオーストリアの支配下にあり、ドイツ語が通じる。ここが気に入って、以後もしばしば訪れている。静養のためであって、六月になると出かけ、ながながと八月、ときには九月まで逗留した。

北ボヘミアはザクセン国の首都ドレスデンに近く、ワイマールにも近い。国境の山に沿って鉱泉脈があるらしく、カールスバート、フランツェンスバート、マリーエンバートと温泉町がつづいている。それぞれ「カールの湯」「フランツの湯」「マリアの湯」といった意味であって、わが国流にいえば「弘法の湯」や「観音温泉」にあたる。

ゲーテははじめ「カールの湯」の常連だった。ついで「フランツの湯」や「観音温泉」が加わった。カールスバートの北にテプリッツ温泉があって、そこにも足を向けた。一ヵ所では退屈なので目先をかえたのだろう。たとえば一八一〇年は、つぎのような日程だった。

五月十九日—八月四日　カールスバート

八月五日—九月十六日　テプリッツ

翌一一年はカールスバート滞在が五月十七日—六月二十八日と短い。ワイマールで出迎えなくてはならない客がいたからで、そのかわりといったふうに、翌一八一二年は、はやばやと四月末から出かけている。

四月三十日―七月十三日　カールスバート
七月十四日―八月十二日　テプリツ
八月十三日―九月十二日　カールスバート

ナポレオンのロシア遠征のあった年だ。九月七日、ボロディノの戦い。ついでモスクワ占拠。そのあとフランス軍は冬将軍に痛めつけられ、ほうほうのていで逃げ帰った。その途中、ナポレオンがワイマールを通過した。

「……健康状態は心配なし。久しくなかったほどに調子がいい」

たまに息子を同行させることはあったが、たいていはひとりだった。療養の名目で家庭から離れることが温泉滞在の大きな理由だったせいだろう。時間がたっぷりあるせいもあってか、しきりに手紙を書いている。北ボヘミアでは春と夏がいちどにやってくる。いっせいに花ひらいて新緑が萌え出た。初々しい緑と灰色の岩山とがコントラストをつくっている。それをスケッチしたこと。

「通りや遊歩道を歩きつくしたので、このごろは山登りをしている。ドライ・クロイツベルク（三つの十字架山）にも登った」

長逗留組は、たいていの山を歩きつくす。「鹿のひとっとび山」なんて名前の山もあって、ゲーテはそこも登った。

「いろんな客がつぎつぎにやってくる。もう七十三組が名簿にのっている。ずいぶん賑やかになりそうだ」

暇な人ばかりなので、全員が退屈している。退屈をまぎらわすために、ホテル側がいろいろ工夫をした。名士が到着すると歓迎ラッパが高々と吹き鳴らされた。ホテルの入口に名簿が掲げてあって、ズラリと肩書つきで並んでいる。ゲーテのときも歓迎ラッパが鳴らされただろうが、それはむろん詩人ゲーテに対してではなく、「ワイマール公国枢密顧問官」としてであった。

ゲーテの手紙だけではわからないが、同じく湯治町に滞在していた人の手紙をつき合わせると、べつのゲーテが見えてくる。たとえばゲーテと親しかったカロリーネ・ザルトリウス夫人は、身内の者にそっと知らせている。

「この夏、ゲーテはカールスバートである娘に恋をして、その娘にソネットを捧げました……」

恋は実らず、ソネットだけがのこった。

つんとすましたあなた
大理石の像とそっくり

石よりもこわばって
石の方がやわらかい

たぶん、相手にされなかったのだろう。「近寄ると逃げる」ともあるから、警戒されたらしい。石の像なら逃げないが、生身の女は手がかかる。しめくくりは「わたしが石にキスをすれば／妬《や》いてもどってくるだろう」というのだが、いかにも五十男の手法である。嫉妬を煽って気をひこうというのだが、空しい試みであることは目に見えている。

一八一二年は早くも四月末にカールスバートへ出かけたことは、さきほど述べた。七月から八月半ばまではテプリッツに移り、つづいて再びカールスバートにもどった。

テプリッツは現在はチェコの町でテープリーツェと発音するようだ。当時はカールスバートと同じくハプスブルク・オーストリアの下にあって、古くから湯が湧いていた。アルカリ性食塩泉で、神経痛、リューマチ、切り傷に効能がある。ボヘミア王妃が修道院を建てたのにはじまり、やがて湯治町として発展した。ハプスブルク貴族はもとより、ドレスデン経由でドイツ人もやってくる。ゲーテもその一人だった。

ゲーテがテプリッツに逗留していた間のことだが、ウィーンから一人の音楽家が静養にやってきた。耳を病んでおり、その治療を兼ねていた。つまり、ルートヴィヒ・ヴァン・ベートーヴェンで、このときベートーヴェンは四十二歳。名声の頂点にいた。ゲーテとこの北ボヘミアの湯治町で出会って、数日をともにした。音楽家は顧問官よりも十日ばかり早く来た。こまかくしるすと、つぎのとおり。

七月五日、ベートーヴェン、テプリッツ着。
七月十四日、ゲーテ着。
七月十九日、ゲーテ、ベートーヴェンを訪問。
七月二十日、両名ビーリンへ遠出。
七月二十一日、二十三日、ベートーヴェン、ゲーテの前でピアノ演奏。

ゲーテが再びカールスバートへもどったあと、九月になってベートーヴェンがゲーテのホテルを訪ねてきた。テプリ川で別れるときに再会を約束していたからである。

ベートーヴェンがテプリッツに着いたとき、歓迎ラッパが吹き鳴らされただろうか。肩書は「作曲家」ではなく「ピアノの巨匠」だった。このほうが世間で高く評価されていたのだろう。通常ならラッパが鳴ったはずだが、そのときはどうかわからない。天候不順がつづいていた。ベートーヴェンもゲーテと同じくカールスバートからテプリッツへ移ったわけだが、街道がぬかるんでいた。そのころの郵便馬車は現在の長距離バスにあたる。

「旅はひどかった。昨日の朝四時、ようやくテプリッツに入りました」

ベートーヴェンもまた湯治町で、しきりに手紙を書いている。今日の電話のように、ひと息入れると、すぐに報告した。それでくわしくわかるのだが、通常は八頭びきの馬車が、馬が足りなくて四頭びきになり、そのためわざわざ安全なはずの脇街道をとったのに、それがまたひどい道で、途中でエンコしてしまった。四人の馭者《ぎょしゃ》が総がかりで、やっとどうにか夜明けちかくにホテルに着いた。朝の四時では、とても歓迎ラッパを吹き鳴らすわけにいかなかったのではなかろうか。

「エステルハージー公はいつもの道を八頭びきで来たのに、やはりひどい目にあったようです」

エステルハージー家はハプスブルク傘下のハンガリー貴族で、ハイドンを召しかかえたので知られている。遠路はるばる八頭びきの馬車を仕立ててやってきた。研究者の手で調べがついているが、七月五日までの数日、この地方はどしゃ降りの雨で、風も強かった。田舎道はさぞかしひどい状態だったと思われる。

ところでベートーヴェンがこのとき書いた手紙は、ただの温泉町報告ではない。とりわけ最初の三通が有名で、「不滅の恋人」書簡と名づけられている。というのは郵便馬車がエンコしたといったことに先だち、こんな書き出しをもつからだ。

「わたしの天使、わたしのすべて——」

おしまいが、つぎのように結ばれている。

「永遠にあなたのもの、永遠にわたしのもの、永遠に二人のもの」

おそろしく高揚した気持をつづっており、そこから「不滅の恋人」伝説が生じた。しかしながら、この三通が、だれに宛てて書かれたのかがわからない。研究者が手をつくして調べたが、いまなお真相は不明である。

第一信は「七月五日朝」の日付。「わたしの天使、わたしのすべて——」の書き出しのあと、「いまはほんの挨拶だけ、それも鉛筆（あなたの鉛筆）で書きます。明日にならないと宿がはっきりしないのです」

先に引いたようにテプリッツ到着は早朝四時だった。疲労困憊《こんぱい》で、倒れるようにベッドにつき、ひと眠りしたあと、すぐさまペンをとった。せっかく「ピアノの巨匠」が来たというのに「宿がはっきりしない」というのは不可解だが、エステルハージー大公などとくらべると、およそしがない音楽稼業であって、宿のほうでもさほど重要人物とは思っていなかったのかもしれない。

本来ならペンで書くところを、とりあえず鉛筆で書いた。カッコして（あなたの鉛筆）とつけ加えたのは、カールスバートで別れぎわに相手が渡したのか、あるいはベートーヴェンがせびりとったのか。

ありあわせの鉛筆を使ったのは、それだけ気持が高ぶっていたからだが、もう一つ理由があった。それは第二信でわかる。同じ日の夕方の日付。

「月曜日と木曜日しかK行の馬車はないのです」

郵便馬車に合わせて投函《とうかん》しなくてはならない。

第三信はその翌朝に書いた。「おはよう」の書き出し。「ベッドの中にいるうちから、心はもう、わが不滅の恋人よ、あなたに向かっているのです」

こんなに愛しているのに、なぜ離れていなくてはならないのか。そんな嘆きのあと、ベートーヴェンはへんなことを書いている。

「わたしの天使よ、たったいま、郵便馬車が毎日出ていることを知りました」

月曜と木曜だけと思いこんでいたが、早トチリだった。そそっかしい男である。馬車が毎日出ていると知って安心したのだろうか。後世にのこされたのは三通だけ。あるいは一通の恋文が三度にわけて綴《つづ》られたというべきか。あわてて書く必要はなくなったにせよ、その後も「永遠」づくしでしめくくった恋文が送られたはずなのだが、それは見つかっていない。あとは失われ、三通だけが奇跡的にのこったのか。

だが、この三通も、ベートーヴェンの死後、机のひき出しから出てきたものである。送り返されたのか。あるいはテプリッツの宿で、とり急ぎ書きはしたが、投函しなかったのか。急いで出す必要がないとわかり、あとで読み返したところ、あまりに高ぶった書き方に、当人がテレくさくなって送るのはやめにしたのか。そんなふうにも考えられる。郵便馬車の日程すら早トチリしてまちがえるような人なのだ、恋においても早トチリして不思議はない。

テプリッツでは、ゲーテがまずウィーンからの「ピアノの巨匠」を訪問した。何を話したかはつたわっていないが、推測はできる。ゲーテがボヘミアの鉱山や鉱泉、また鉱石のことを話したのだ。それで翌日、二人つれだってのビーリンへの遠出になった。近郊の鉱山町で、ゲーテは視察に訪れたこともあって、よく知っていた。枢密顧問官が案内するかたちになったのだろう。返礼として二十一日と二十三日、ベートーヴェンがゲーテのためにピアノを弾いた。

その日の別れぎわに枢密顧問官はあらためてピアノの礼を述べ、愛想よくカールスバートでの再会をいったにちがいない——ぜひまた、あちらでお会いしたいものですね。

難聴のベートーヴェンと、ゲーテはどのようにやりとりしたものか。その点について、とりたてて何も書いていないところをみると、ふだんどおりの会話のかたちで進行し、ことさら紙に書いたりはしなかったのだろう。とうぜん聞きまちがえたり、聞き洩らしたりする。話がちぐはぐになる。鉱山見物やピアノ演奏はともかく、このピアノの巨匠との会話がゲーテには、あまりたのしいものでなかったらしいことは、友人の音楽家ツェルター宛の手紙からみてとれる。

「……その才能には驚かされましたが、残念ながら彼はまったく抑制のきかぬ性格で、そのため自分にも他人にも、世の中を暗いものにしてしまうのです。もっとも聴力がだめになっているので、無理からぬところがあり、たいそう気の毒でもあります」

やたらにしゃべりつづけたと思うと、つぎには陰気に押し黙っている。ゲーテは少なからず手を焼いた。

「もともと無口な男が耳のせいで、倍ものをいわなくなっているのです」

社交辞令で再会をいっただけなのに、カールスバートで訪ねてこられ、大いに閉口したらしい。

ところで、「不滅の恋人」はどうなったのか。それがベートーヴェンにとって、さほど不滅でも永遠でもなかったらしいことは、激情の手紙を書いてしばらくのちに、枢密顧問官とつれだってノンキに鉱山見物などをしていることからも推察できる。二通目の手紙にあるKはカールスバートと思われるが、その湯治町にもどったのちに、「永遠にわたしのもの」を訪ねた形跡はない。かわりにゲーテを訪ね、陰気に黙りこくって相手を往生させた。

湯治町は公務からも家庭からも離れた別天地だった。身分制と市民モラルが厳しく見張っている社会にあって、唯一ここではそれらを無視していられる。公爵が人妻に恋をしてもいい。五十男が十代の娘を追っかけてもいい。ただし、「そこで生じたことは、そこにのこしていく」の原理にもとづいてのことであって、市民社会にもち帰るのはルール違反だ。せいぜいのところ、ゲーテがしたように恋のソネットをつくり、「石の像」のように冷たい恋人をからかいの種にする。相手が何げなく渡したような鉛筆で激情の手紙をつづるなどは論外というものだ。

ゲーテはその後も毎年のように湯治町へ出かけている。

一八二一年の夏、ゲーテはマリーエンバートへ湯治に出かけ、レヴェツォ夫人と出会った。十数年前から知っており、にくからず思っていた。夫人はマリーエンバートに別荘をもっていた。先年、夫を亡くしたという。

三人の娘がいて、長女をウルリーケといった。このとき十七歳。ついでながらゲーテは七十二歳。妻を亡くして五年目。

ひと月ちかくのマリーエンバート滞在中、ゲーテは毎日のようにレヴェツォ夫人の別荘を訪れた。いっしょに散歩する。本を読む。娘たちはギターが上手で、湯治場の退屈をまぎらわしてくれる。

翌年の夏は、夫人から招かれた。湯治といっても鉱泉を飲むだけで、ホテル暮らしはムダである。自分たちの別荘を使ってほしい。娘たちも、おいでをお待ち申している。きっと再会をよろこぶだろう——。

ゲーテは招待に応じ、六月十九日から七月二十四日まで、ながながと夫人の別荘に滞在した。

さらに翌年、ゲーテは夏の到来を待ちかねたようにマリーエンバートへやってきた。レヴェツォ夫人と娘たちは、ひと足おくれて別荘に到着。同じマリーエンバートにワイマール公国のカール・アウグスト公も滞在していた。ながらくゲーテを庇護《ひご》してきた人物である。公を介して、ゲーテは結婚の申し込みをした。

このときゲーテは七十四歳。レヴェツォ家では、夫人に対する求婚と思ったようである。ところが、十九歳のウルリーケがご所望とわかって、うろたえた。夫人なのか娘なのか、再度確認したのち、「いましばらくのご猶予」を願い出て、母娘ともども、あわただしくマリーエンバートを去り、カールスバートへ移っていった。

日付もこまかくわかっている。八月十八日のことだ。一週間後、ゲーテはあとを追うようにカールスバートへ行き、十日あまり滞在した。母と娘はにこやかに迎えてくれるが、肝心の返事が得られない。十三日目、ゲーテはさびしくワイマールへの帰途についた。夫人と娘がお定まりの挨拶とともに見送ってくれた。拒絶の心はあきらかだ。

帰りの馬車のなかで、ゲーテは「マリーエンバートの悲歌」を書いた。二十三連に及ぶ長い詩で、ウルリーケとの出会いから別れまでがうたわれている。家にもどるやいなや清書にかかった。特別上質の紙に、みごとな書体で書き写して、絹の紐《ひも》でとじ、赤いモロッコ革の表紙をつけた。

ゲーテはほんとうに自分の求婚が実るとでも思っていたのだろうか？　相手が夫人ならば、そうなったかもしれない。レヴェツォ夫人も、それを待ち受けていたふしがある。だからこそ、何かのまちがいではないかと確かめた。

申し入れの使いの役を引き受けたカール・アウグスト公は、どうなのだろう。人一倍、ゲーテをよく知る人であって、だからこそ風変わりな求婚の仲介役を引き受けたのではあるまいか。実現しっこないことを、また実現しなくてもいいことを承知していたからだ。かわりにどっさり詩ができることを、よく知っていた。

返事しないままカールスバートへ去った母娘に、ゲーテは手紙を出しているが、そこにウルリーケ宛の四行詩がそえられていた。「湯の中におられるとは／ふしぎ千万」、そんな口調でからかっている。そうではなくて、わが胸の中にいるはずではありませんか。

「マリーエンバートの悲歌」は、最後の老いの坂を迎えた人生に、絶好の「埋め草」を見つけた人の作品である。走りつづける馬車のなかで、規則正しい馬の脚並のように、きちんとa・b・a・b・c・cの脚韻を踏み、二十三の駅亭さながら二十三のシーンでむすばれている。「マリーエンバートの悲歌」と訳されるからおごそかだが、マリーエンは「マリアの」といった意味だ。聖母マリアである。バートは温泉、「悲歌」の原語「エレギーエン」はエレジーのドイツ語。観音温泉エレジー、つまりは「湯の町エレジー」である。

ついでながら温泉町マリーエンバートの恋は一八二三年のことである。ナポレオンの没落のあと帝国全土にわたり、宰相メッテルニッヒによる監視体制がととのっていた。湯治町にはワケありな人物が出入りするので、とりわけ監視の目が厳しい。老ゲーテの恋愛のことも、当局に報告が届いていた。当局の指示は「特に調査の要なし」。老人が小娘にいいよってフラれたという、笑うべき一件として処理されたらしいのだ。

ワイマールの黒幕

ワイマールのゲーテ旧居は、現在は国立の博物館になっている。三層づくりの黄色い壁の建物で、いびつな三角形をした広場に面している。ごく簡素な住居であって、それと知らなければ、なんの気なしに通りすぎてしまうところだ。田舎の小貴族でも、もっと立派な館をかまえていたにちがいない。

中に入ると、もっと驚く。つつましやかな市民的たたずまいそのままであって、居間、書斎、客間、書庫、食堂、仕事場。どれも小さくて、薄暗い。現在はそれぞれが陳列室になっていて、そこにいろんなものが並べてある。絵、版画、設計図、彫刻、工芸品、織物、ガラス、焼き物、鉱石、化石、植物標本。さらには何のためとも知れない小さな機械類……。

絵は幼いころに学んでから、詩と並びつねにゲーテのかたわらにあった。大部な『ゲーテ画稿集』があるとおり、素人のたしなみをこえ、彼はひとりのレッキとした画家だった。画帖をひらいて軽妙にクロッキーをとり、気に入れば色をつけた。学んだ人におなじみの多少とも型どおりの窮屈さはあるにせよ、作者の名前を隠して示されたら、だれもそれをゲーテ作とは思うまい。

ゲーテは銅版画が好きで、同時代の作品をどっさり蒐集している。銅版は当時、今日の写真にあたる意味と効用をもっていた。つまりは時代の似姿を膨大に集めていたことになる。彼はまた地図が好きだった。蜂の巣のような収集箱のいくつかは地図で占められているはずである。ニュルンベルクのホフマン社をはじめとした、地図の制作・出版で知られる工房がいくつもあった。それは正確なだけではなく、絵のように美しくなくてはならない。腕のいい職人の、おそろしく根気のいる仕事のなかから生まれてきた。

これもまた『イタリア紀行』に見てとれるところだが、ゲーテは機械のなかでも、とりわけ時計に興味があった。行く先々の町の大時計を検分する。教会時計を見てまわる。発明好きが考案した懐中時計と出くわすと、手をかえ品をかえてせびりとった。そのころの懐中時計は卵型をしており、そんなところから「動く卵」などといわれたようだが、ゲーテのトランクの中にはいつも、二つや三つの奇妙な卵が収まっていた。

　ゲーテはさらに金銀細工や甲冑《かっちゅう》づくりや楽器の制作に関心があった。その仕事場はかつての手工業的ハイテク集団というものであって、精度が要求され、手間ひまがかかる。親方から徒弟に教えられるなかで技術が保持され、磨かれていった。集団的な修業にもとづく勤勉と誠実、さらにはこれを支える教育理念がなくてはならない。それについてゲーテはヴィルヘルム・マイスターという一人の青年による『遍歴時代』と『修業時代』を通してことこまかに書きとめたが、つまるところ、小説の主人公は、いや応なくマイスター（親方）でなくてはならない。

　ゲーテ博物館には石や化石や骨の陳列室が三つばかりあって、それは書庫よりもずっと大きい。文人ゲーテが同時に熱心な自然科学者でもあったからだ。天文、気象、物理、地質、鉱物、植物など、あらゆる分野にわたり旺盛《おうせい》な好奇心をもっていた。彼は人体の骨を考察し、植物の変種に注目した。プリズムの原理にもとづく実験をかさねて光学理論を考えた。博物館に残されているものは、いまでは何のためとも知れぬ機械だが、ゲーテ自身にとっては、少年のように目を輝かせてとり組んだ宝物だった。

　さらにゲーテは町づくりに熱心だった。ワイマール公国の宰相格にあたる枢密《すうみつ》顧問官になってのち、専門家を招いて、中世そのままの田舎首都ワイマール改造のための青写真を描かせた。道路をひろげ、広場をつくり、要所に公の建物を配置する。ゲーテがしげしげとライン河畔のマンハイムに足を運んだのは、ひそかな恋人のためではなく、そこに都市づくりの手本があったせいではあるまいか。初めて訪れた人はとまどうにちがいないが、いまもマンハイム旧区には通りに名前がない。ビスマルク通りや公園通りではなく、A6・5とかM2・4といったぐあいに標示されている。市当局がコンピュータ式に簡略化したわけではなく、ゲーテの時代にもそうだった。アルファベットと数字を組み合わせる方式が使われていた。

中心に太い十字の通りがあり、これを軸にして碁盤目状に区切られている。元来の形では、正面の王宮から見て左半分は縦にAからKまで、右半分はLからUまでに区分されていた。横軸は左右それぞれ1から7までにわりふってある。つまりがA6・5とかM2・4でもって、即座に町の地点が示される。

マンハイムは十八世紀に生まれた人工都市である。もともとライン河とネッカー川にはさまれた丘陵にある砦だった。ゲーテのころは、まだ星型をした外壁をもっていたが、その中を碁盤目に仕切ってブロックにした。川に守られていて安全で、河港に恵まれているので商売に向いている。高台にあるので景色がいい。当時、マンハイムの王宮にはクーアフュルスト（選帝侯）とよばれる有力な領主がいた。

ゲーテはマンハイムの大公が建てた並外れて大きい王宮には感心しなかったが、ライン河沿いの公園は気に入って、わが足で実測するようにして何度も歩いている。さぞかし彼は選帝侯の豊かな金庫を羨《うらや》んだことだろう。ワイマールの顧問官がいくら首都改造のための青写真をつくっても、小公国の貧弱な財政ではどうにもならない。道幅一つをひろげるのさえままならないのだ。

ゲーテはまた旅の途中、何度もカールスルーエに途中下車しているが、これがまたいま一つの人工都市だったせいにちがいない。カールスルーエは「カールのルーエ（憩い）」といった意味であって、辺境伯などといわれていたカール・ヴィルヘルム王が、広大な森を切りひらき、人工的につくらせた。いまも訪れた人はあっけにとられる思いがするにちがいないが、王城を中心にして計三十二本の道路が放射状にのびている。そのうち南に向いた九本の大通りが市街にあてられ、扇型を描いてひろがっており、のこりの二十三本は森と公園にあてられた。市街区は中心軸をはさみ左右対称に分けられ、これがブロックに区切られている。そして王城は三層、貴族の建物は二階建て、商人や職人の住居は平家と定まっていた。

ゲーテが訪れたころ、マンハイムもカールスルーエも、いまだ都市づくりが進行中であって、あちこちに空地があった。マンハイムの宮廷は土地を売り出すにあたり宣伝文を作った。さきにも述べたように、ラインとネッカー川にはさまれていて水運が利用できる。目の利く商人をあてこみオランダにまで宣伝担当を派遣した。ワイマールの枢密顧問官には、そんな宮廷の財政策が大いに気に入ったらしい。旅先からの手紙では宣伝文に触れ、その内容をつたえている。不動産の広告は古今東西かわらないもののようで、そこには「安全保証・商売最適・風光明媚」といった意味の決まり文句が書きとめてある。

マンハイムやカールスルーエを歩き、こまかくメモをとったのは、三十代から四十代にかけてのころである。実務政治家として小国の財務に苦労していた。そんななかで有力な選帝侯や辺境伯が、沼地や高台や森をひらいて広大な土地をつくり、まるで魔法の杖をふるったかのように豊かな金脈を生み出してくる。そんな錬金術を目のあたりにしていた。王宮を中心にして市街が碁盤目状、あるいは放射状に整然と居並び、まるで王の前にうやうやしく控えたぐあいである。カールスルーエでは、建物の高さにまで時代の秩序が及んでいた。

そういえば『ファウスト』第二部、大団円にちかい第五幕目、舞台は「広大な土地」となっている。ファウストは海のほとりの広い土地を手に入れた。さらに沼地を干し上げる大工事が着々と進み、広大な土地が生まれようとしている。そこにはまん中に運河があっ

て、船の便がある。まわりに広い公園をそなえ、環境は申し分なし。代替地との交換によ
る立ちのきを拒んで頑固者の老夫婦が居つづけていたが、悪魔メフィストがのり出して一挙にケリをつけた。いずれきれいに干し上げ、堤がこれを守っていく。そんなふうにして生み出された楽園であって、とりわけ豊かとはいわないまでも、働けば自由に住めるはずの小天地だ。それがまもなく実現する。

「そのときこそ、時よ、とどまれ、おまえはじつに美しいと、呼びかけてやる。この自分が地上にしるした足跡は消え失せはしないのだ」

つづいて仰向けざまに倒れる。有名なファウスト終焉のシーンであって、この悲劇の主人公は有能な土地経営のエコノミストとして生涯を終える。ゲーテが終生いだきつづけていた町づくりの夢が生み出したものにちがいない。

一九一九年、ワイマール。七月のある朝、いっせいにビラが辻ごとに貼り出された。ちょうどゲーテ顧問官が着ていたフロックのような黒いふちどりのなかに、昔ながらのドイツ文字により、いささか古風な文体で市民たちに呼びかけていた。

「ワイマールの男女諸氏よ！」

この地で新しく教育の場が開設される。技術と芸術を融合させ、技能と科学を結びつけ

る。ゲーテの精神を受け継ぐものであって、新しい教育方針にもとづき、新たな能力の育成にとり組むので、心ある市民たちはこぞってこれに参加されたい。

市中にはゲーテ旧居が旧《もと》のままにのこっており、また彼が自由な時を好んで過ごしたガルテンハウス（庭の家）も健在である。広場にはゲーテとシラーが手をとり合った銅像があって、新しい教育理念を盛りこむのに、これ以上ふさわしい町はない。二十世紀の幕開けのころ、アール・ヌーボー芸術がヨーロッパを風靡《ふうび》した。その代表的な画家・工芸家アンリ・ファン・ド・フェルドがワイマール工芸学校で教えていて、アール・ヌーボーによる建物をのこしていった。これを当座の校舎とする——。

二十世紀の芸術に大きな足跡をのこしたバウハウス運動のはじまりである。最初の古風な呼びかけ文は市当局が作成したのだろう。組織がととのい、新しい校長が赴任してから急速に変化する。ものものしいドイツ文字に代わって明快なラテン文字による学校案内がつくられた。新しい活字によるタイポグラフィー教育もまたバウハウスの主な授業の一つだった。

推進したのはヴァルター・グロピウスである。一八八三年、ベルリンの生まれ。ミュンヘン、ベルリンで建築を学んだのち、著名な建築家ペーター・ベーレンスのもとで助手をしていた。一九一八年、三十五歳でザクセン大公国工芸学校、同美術学校校長に任じられた。翌一九年、二つの学校を統合して「バウハウス・ワイマール」を創設した。

美術学校とも工芸学校ともいわず、〝バウハウス〟と命名したところに、ゲーテへの回帰がはっきりとみてとれる。「建築小屋」といった意味であって、大きな建物を建てるとき、まず先にバウハウスを現場につくった。中世の工匠以来の伝統であって、ヴィルヘルム・マイスターが遍歴時代に訪ね歩いたところであり、一人の若い親方《マイスター》の誕生するところでもある。

小屋といってもプレハブ式のたぐいではない。伽藍《がらん》を建てたり修復する際、工事は十年、二十年とかかる。百年の歳月を要する場合も珍しくない。また大伽藍は単に大がかりな石の建造物にとどまらない。そこには美しいステンドグラスや手すり、金具、彫刻、敷物、絵画が必要だ。あらゆる技術の美的綜合であって、そのための技倆《ぎりょう》を養い、伝えるための小屋なのだ。

「すべてが一つの理念によって統一され、建築、彫刻、絵画を問わず、無数の手によってつくられ、未来の信仰の目に見えぬ象徴として天に向かってのびるもの」

学校の創設にあたり、グロピウス校長の述べたところだが、ゲーテの理念を口うつしにしたかのようだ。というよりもむしろ、因襲ずくめの保守的な小都市で新しい芸術教育をはじめるにあたり、ゲーテのうしろ楯を大いにたのんだふしがある。目をむくような大胆な試みのための風除《よ》けの役まわりであって、ゲーテを借りるかぎり、さしあたっては非難がとんでこない。しばしの避難所をつくってくれる。

グロピウスがデザインした「バウハウス教育一覧」というべきものがのこっている。ゲーテが愛用した円形図式のスタイルをとっていて、中央の「建築」をかこみ、木、金属、織維、色、ガラス、焼き物、石がとり巻いている。これに「自然教育」「材質教育」「空間・色彩・構成教育」「構造および表現教育」「材料と道具教育」が外円をつくっている。さらにその外に「手本指導」「基礎的な形態教育と実技室での材質の学習」が、より大きな円をつくっている。

つまりゲーテが夢想したような綜合的美的教育の場であって、それぞれの部門に理論と実技の「達人《マイスター》」が指導にあたる。グロピウス校長はゲーテと似た実務家能力をそなえていたのだろう。ごく短期間のうちに特異な芸術家チームをつくりあげた。L・ファイニンガー、パウル・クレー、オスカー・シュレンマー、W・カンディンスキーといった画家、建築家、工芸家たちがバウハウスの教壇に立った。彼らは形態のマイスターであって、芸術を担当する。これに対し腕に覚えのある職人集団が「技術の達人」として実技を受けもつ。画家の卵は絵具のまぜ方と同時に、漆喰《しっくい》の混合法も知らなくてはならない。絵具よりも漆喰が劣るなどと、だれにもいえないことなのだ。

クレーやカンディンスキーが教壇に立った。絵画部門には舞台工房が付属していて、劇場の舞台装置を制作した。台本に応じてモデルをつくる。それを劇場が買い上げた。そのようにしてバウハウス作の前衛的な舞台装置が北ドイツ各地の劇場にお目見えした。

バウハウスは時代の動向に応じて写真や広告に進出した。カメラマン、デザイナーの養成部門である。デザインは作品であるとともに商品として通用しなくてはならない。そのため授業で生まれた学習制作に価格をつけて企業に売った。バウハウスの包み紙がチョコレートをつつんでいいのである。バウハウスはまた印刷会社と協力して、新しい活字を考案した。

のちにはこれに祝祭部門が加わった。フェスティバルを担当し、各地の催しに出かけていって、イルミネーションやプラカードの意匠、さらにはポスター、プログラム、ちらしやアルバムも制作した。今日の広告産業のヒナ型といえるだろう。

それにしても、ひどい時代だった。第一次世界大戦の敗戦国ドイツは、バウハウスの誕生と同じ一九一九年、過酷な賠償金を科せられた。経済はマヒ状態で、当然のことながら賠償金が払えない。国庫が底をついた。一九二三年一月、ルールの重工業地帯をフランス軍によって占領された。このとき一挙にドイツ・マルクが暴落した。そのときのインフレのすさまじさはパン一個の値段からもあきらかである。ためしに数字を並べると、つぎの

とおり。（単位はドイツ・マルク）

一九一八年　〇・二五
一九一九年　〇・二六
一九二二年　一〇・五七
一九二三年　二二〇〇〇〇〇〇〇
一九二四年　〇・一四

パン一個が二億二千万マルク！　一国の紙幣がおもちゃの紙切れになった。悪夢あるいは喜劇としか思えない。そんな状態が一年ちかくつづいた。

ヒトラーが頭角をあらわすのは、この前後である。ナチスが急速に力をのばしていく。そんななかでの共産主義的な芸術運動が疑いを呼んだのだろう。右翼系新聞や雑誌に堰《せき》を切ったようにして大活字がおどりはじめた。

「ワイマールの頽廃《たいはい》」
「まやかし芸術の跳梁《ちょうりょう》」
「詐《いつわ》りのマイスターたち」

このたびはカギ十字にふちどられたビラが町にあふれた。州議会が動きだし、市議会が紛糾した。孤立無援に陥《おちい》った芸術家集団支援のため、ペーター・ベーレンスをはじめとする人々の抗議声明が出されたが、非難の洪水には無力だった。一九二四年十月、ワイマール当局は学校閉鎖を通告。

バウハウス・ワイマールをめぐる本には、当時の新聞記事がいろいろと収録してある。ナチス系ジャーナリズムの常套手段であった罵詈雑言《ばりぞうごん》のオンパレードだが、そこにゲーテの名はいちども出てこない。グロピウスほかバウハウスのメンバーすべてが名指しされて槍玉にあがるなか、ゲーテひとりが名指しされない人だった。ナチ党の面々も、この一番の黒幕には、多少とも勝手がちがう気がしたのだろうか。

酒は百薬

一九三二年のことだが、一冊の本が世をにぎわした。ゲーテと同時代の人々の言葉を集めたもので、題して『才能のないゲーテ』。悪口集である。ゲーテをこきおろした証言が丹念にひろってあった。

ゲーテが死んだのは一八三二年、だから一九三二年は没後百年に当たる。当時、ドイツはワイマール共和国とよばれていた。第一次大戦後、新しい憲法がつくられた。史上もっとも優れた憲法といわれるが、帝国ドイツへの反省から人間性を基調にして、高らかに理想をうたいあげていた。いわばゲーテの理念を下敷きにしたもので、そのためゲーテにち

なみ「ワイマール憲法」と命名された。

没後百年に際して、あらためてゲーテが自由精神の最後のよりどころとして語られていたのだろう。「ゲーテへ帰れ」といった声もあったにちがいない。そこへこっぴどく槍玉にあげる証言集があらわれた。編者はレオ・シドロヴィッツといった。ロシア名であることはわかるが、だれもこのシドロヴィッツを知らなかった。保守的な知識人のチームが、匿名でこの本をつくったと噂《うわさ》された。政党筋からのひそかな援助のこともいわれた。ごく地味なアンソロジーであるにもかかわらず、おどろくほどの部数で書店に山積みされていたからである。また推薦者をいただいて、ある日、あちこちの家庭に送られてきた。

一九三二年は総選挙で、ヒトラーの率いるナチ党が第一党に躍り出た年である。翌年一月、ヒトラーが政権につき、ナチスの独裁がはじまった。編者レオ・シドロヴィッツがいかなる人物であったかは不明だが、『才能のないゲーテ』が何を狙って編まれたかはあきらかである。ワイマール憲法による自由主義の最後の砦《とりで》を取り崩す効用を意図していた。

「ドイツ語を台なしにしたゲーテ」

「悪魔と手を組んで良風美俗を攪乱《かくらん》した小説家」

「人間性をふりかざしてデタラメを書きちらした男」

「虚弱な死滅の神」

……………………

プロシアのフリートリヒ大王から同世代の詩人、論客、老大家、また匿名によるものまで、ことこまかく集成されていた。

フリートリヒ大王にとって、ゲーテは単にイギリスの芝居の焼き直しをした劇作家だった。

ゲーテの同時代人にコッツェブーという小説家がいた。当代きっての人気者で、大作家とみなされ、自分でもそのように思っていたようだが、死後、直ちに忘れられたところをみると、一人の通俗作家だったにちがいない。そのコッツェブーによると、ゲーテは「まるきりドイツ語の美しさがわかっていないモノ書き」だった。

時代の論客にとって『ファウスト』は、「病人が錯乱のなかで呟いたおしゃべり」にほかならなかった。

匿名によるゲーテ批判は、ゲーテも関係した雑誌に掲載されたもので、かねてからゲーテに親しみ、ことあるごとに賞讃の言葉を送っていた人かもしれない。詩人ヴィーラントはゲーテの友人として知られていたが、『才能のないゲーテ』に収録されている私信では、ゲーテの作品には「いちども共感を覚えたことがない」と述べている。ゲーテが死んだとたん、意地の悪い批判を発表した人もいる。

ことわざにいうとおり、蟹《かに》は自分の甲羅に合わせて穴を掘る。賞讃は決まり文句でもやってのけられるが、批判に及ぶと、ついおもわず当人が自分の人となりを見せてしまう。

フリートリヒ大王は哲人君主を自任していたが、その啓蒙思想は単にフランス思想の「焼き直し」をしただけだった。コッツェブーが「まるきりドイツ語の美しさがわかっていないモノ書き」だったことは、数多くの著書のたどった運命からもあきらかである。時代の論客の威勢のいい論文が、ほんの少し時代をずらして読むと、「病人が錯乱のなかで呟いたおしゃべり」にほかならないのは、現在も同様である。匿名のいやらしさは今も昔もかわらない。

ゲーテの神格化がはじまったのは、十九世紀半ばあたり、市民社会の拡大のなかでのことで、生前、ゲーテはのべつ悪口をいわれていた。二十代のころ、「シュトゥルム・ウント・ドランク」（疾風怒濤）の旗手とみなされたときは、年かさの世代から冷笑され、あれこれからかわれた。中年のゲーテはフランス革命にビクついている臆病者とみなされていた。老いてのちは、ハイネやベルネといった革命派から、ていのいい標的にされた。

ゲーテはどうやら、自分の役まわりといったものをよくこころえていたようだ。悪口の石つぶてに答えるすべを知っていた。つまり、無視すること。相手にならないし、相手にしない。投げられた石が投げた当人の頭上に落ちていくのを見守っているだけでいい。それかあらぬかモットーのような四行詩をのこしている。

いかなるときも
口論は禁物
バカと争うと
バカを見る

それに酒があった。ワイン好きで、毎日、きっと何本かを空にした。ワイマールの官舎の地下室には、たっぷり貯蔵スペースがとってあって、ごひいきのワインが仕入れてある。フランケン・ワイン、エルザス・ワイン、ブルゴーニュ・ワイン、ヴュルツブルグ・ワイン、ランドック・ワイン……。

詩には「アイルファー」の名でしばしば出てくる。「十一年もの」といった意味で、一八一一年産のライン・ワインである。その年にはハレー彗星《すいせい》があらわれたので「彗星ワイン」ともよばれたが、ワイン通のあいだでながらく「世紀の傑作」とされていた。

おい、子ども

早くつぐんだ
ぼんやり突っ立っていられては
アイルファーでさえまずくなる

『西東詩集』のなかの酒の章の一つ。そこでは給仕に酒のつぎ方まで指南している。四行詩を並べた構成で、いずれもa・b・a・bの脚韻を踏んでいる。杯をあけ、また杯をあけ、さらにまた杯をあけ——呑ん兵衛が給仕をからかいながら、いつまでもみこしを据えたさまが伝わってくる。

同じ詩集のべつの章では、詩人と給仕とが対話をしている。

「おい、子ども、お代わりだ」
「もうおよしなさい。呑み助なんぞといわれますよ」
「酔いつぶれたりするものか」

——などと散文的に訳したが、原文はこれもきちんとa・b・a・b型の韻を踏んでおり、相当きこしめしたのが、またもやお代わりをして、給仕がうんざりしているさまが、しみじみと感じとれるのだ。

一八一四年八月、ビンゲンの聖ロクス教会でワイン祭が催された。ワインの本場であって、ゲーテは馬車を仕立てて出かけていった。

「みんな、なんとよく飲むことだ」

くわしく祝祭を報告しているが、ご当地の酒杯の大きさ、通常飲まれる量、お代わりの回数、酔いのぐあいまで、ことこまかに書きとめている。

「大ジョッキを二十四時間以内に八回お代わりした司祭がいる」

ワインは神様からの贈り物だから、どんなに度を過ごしても罪にあたらない。三杯、四杯と飲んでいくうちに自分がわからなくなり、妻子をとっちがえる不届き者もいないでもないが、それはたまさかであって、たいていはどんなに飲んでも何ともない。

「五杯、六杯と飲んでも少しもくずれず、隣人と仲よく腕を組み、果たすべき義務をきちんと果たしている人間なら、遠慮するには及ばない。自分の分をありがたくいただけばいいのである」

報告に名をかりて自己弁護をしたぐあいだ。

青春は酒なしに酔い
老年は酒によって若返る

老いたゲーテの詩の一節である。「返り咲くのはめでたいかぎり」だから、毎日、若返りをたやさぬこと。

憂いはいのちの敵
ぶどうが敵《あだ》を討つ

同じ年の九月はじめ、ゲーテは一週間あまり、ライン河畔の友人の別荘に滞在した。その夫人が回想のなかで語っているが、「ワインの良いのがたくさん宅にあるのをごぞんじで、ものすごくお飲みになりました」。

とくに「アイルファーがお好み」だったと、夫人は多少ともくやしそうに述べている。どうやらゲーテは、ライン・ワインの絶品がたっぷり貯えられているのを見こして訪ねていったらしいのだ。

『ファウスト』第一部に出てくる「ライプツィヒのアウエルバッハ地下酒場」は、ことのほか有名だ。酒と歌の大さわぎは二十代の実体験だが、本にしたのは六十歳ちかくになってからである。心からの共感があってのことにちがいない。そしてそこに登場する人物の一人が口にするセリフは、酒好きゲーテのそのままの言葉でもあったはずだ。悪魔メフィストから振る舞い酒をさそわれると、すぐさま答えた。

「いただけるものなら、いただこうじゃないか。ただし、いっとくが、利《き》き酒一杯きりってのはいけませんぜ。いただくとなれば、あふれるほどでなければならん」

第二部にとりかかったのは七十代の半ばで、八十歳ちかくで書いたシーンでは、酔っぱらいがながながとクダを巻いている。

「おつもりはまだだよ、おりゃあ酔っちゃあいねェや。もちっとさわごう。さあ、飲んだ飲んだ、そこのセンセー、もう一杯、いきやすか」

のこされた手紙類からゲーテの日常を復元した人がいるが、それによると、ゲーテはすこぶる早起きだった。朝六時にはもう起きていた。夏場の湯治先では五時に起きる。起きるとすぐに珈琲《コーヒー》とミネラルウォーターを飲む。ときにはココアか肉入りスープ。

十時に朝食で、冷肉とマディラ・ワイン半瓶。

昼食は一時か二時で、たっぷり食べた。雄鶏の蒸し煮、マスあるいはカワヒメマス、ヤマウズラ、カモシカの肉、コショウ料理、ベーコン、デザートは菓子に果実。その間にワインをまるまる一本。ときには二本目に手をつけた。

夕方、芝居を見にいくと、桟敷席にポンチを運ばせ、幕間《まくあい》ごとにお代わりをした。自宅にいるときはシャンペンにワインが一本。果実酒がまじることもある。社交的な集まりがあるときは、当然のことながら一本ではすまなかった。

そんな日常から考えると、ゲーテはドイツ文学史上で最大の酒豪になる。ふつう、酒呑み文士の代表格は、「お化けのホフマン」のあだ名のあったE・T・A・ホフマンだが、あきらかにゲーテのほうが、はるかに多く飲んでいた。ゲーテは主にわが家で飲んだが、ホフマンは酒場の呑ん兵衛だったせいでめだっただけ。


ふつうはワイン業者と年間の契約をしておく。ゲーテ家にはツァプフとラーマンという二人の業者が出入りしていた。地下の貯えに目を配っている。しかし、どうかすると、乏しくなることもあった。

「ツァプフさんに忘れず手紙を出してくださいね」

郷里フランクフルトに帰っていたゲーテに、妻のクリスティアーネが手紙を出している。ワインがなくなってしまった。

「ワインを飲まないと胃が痛みます」

十日前の手紙では、ストックが「十六本きり」と心細げに伝えていた。それで注文をたのんでおいたはずなのに、まだ届かないところをみると、お忘れではないのか。

彼女ひとりで十六本を十日で飲みほしている。ゲーテは実際、指示を忘れていたらしい。

あわててワイン業者に要望を伝え、あわせて一七八一年産マルコブルンナー・ワインを一アイマー送った。約五十リットルである。手紙のなかで、ずいぶん高くついたとこぼしている。酒代以外に運送代、関税、飲酒税を上のせにされたからだ。一回のワインの注文で、本の印税がそっくり消えた。

『ファウスト』第二部には宮廷の窮状がこまごまと語られている。赤字つづきで国庫は空っぽ、大蔵卿は思案投げ首だ。兵部卿は兵士に給料が支払えず、お手上げのありさま。儀典長には祝祭もままならない。台所掛も苦労のしづめだが、それでもワインだけは請け負った。まだ相当に備蓄があって、切らすことは決してしない。先の歳入をあてこんでも、ちゃんと確保してみせるというのだが、ゲーテは自分の信条を正直に述べたのではあるまいか。

そのせいか第二部・第三幕の大詰め、合唱隊が四つのグループにわかれ自然への讃歌を高らかに歌うくだり。ぶどうづくりに移って酒神バッコスへの祝歌《ほぎうた》へと入っていく。籠に山なすぶどうが運ばれてくると、ぶどうしぼりが太い脚で踊りながら、房を踏みつぶす。泡立って、とびちるところにシンバルや太鼓が加わって、いちだんとにぎやかになる。山羊脚の男や女の大乱舞。やれ、それ、つぶせ、割れた蹄《ひづめ》に作法は無用のランチキ騒ぎ。その間にも酒鉢に手がのびる。

「新しい酒を盛るのだ、古い革袋は空にしろ」

作品のなかでは気前がいいが、実生活では必ずしもそうではなかったようだ。

「金のつぎには、まずワインだね」

一八一二年六月、湯治町カールスバートからクリスティアーネに書いている。妻から自分も湯治をしたいといってきた。ゲーテは少々迷惑そうに、物価が高くなっていることを伝えた。同じ六月二十四日、ナポレオンによるロシア遠征がはじまった。五十万以上の軍勢がドイツを通過していく。食糧や酒の買占め、売り惜しみが横行していたのだろう。当地で酒を手に入れるのはむずかしい。

「六月分はなんとかなるが、それ以上は無理だ。飲みたい分は自分でもってくること」

酒好きに加えて、当時、ワインが薬とみなされていたこともあずかっていた。からだによいとされ、医者が酒の処方をした。ひと口ごとに健康を高める。呑み助には、ありがたい口実になった。

「酒は百薬――」

夫婦して酒杯をかさねながら、ゲーテはおりおり、そんな意味のラテン語の句を口にしていたのではなかろうか。

雲と飛行機

ゲーテは好んで雲を描いた。風景画やスケッチには、きっと雲が描きそえてある。さらに雲そのものをペン画にした。わき立つ雲、重なり合った雲、うろこ雲、朝雲、夕やけ雲、入道雲。イタリア人は青空にハケではいたような雲を「伯爵夫人の散歩」などといったようだが、イタリア滞在中、ゲーテはしばしば優雅な伯爵夫人をスケッチにとった。ゲーテの画集・素描集は十巻にあまり、そこにはいたるところに雲がある。わざわざ数えたわけではないが、すべてをあつめると一千点をこえるのではあるまいか。ゲーテは世界でも指おりの雲の画家だったといっていい。

雲そのものに強い関心があったせいにちがいない。旅好きのゲーテには、お天気模様が心配だった。雨が何日もつづくと街道は泥状になる。そんな中を馬車で行くのはかなわない。雲をにらんで天候が予知できれば、出発にあたっても安心だ。先手を打って予定を変更できる。それに手紙のなかに「天気が悪くて気持がクサクサしています」といった意味の言葉がよく出てくるところをみると、ゲーテもまた空模様によって気分が晴れたり、ふさいだりしたようだ。

ゲーテ時代の気象学は高気圧と低気圧とが天候を左右することは知っていたが、両者をこまかく観測して天気の予測をすることは思いついていなかった。この点、ゲーテは気象予報士の第一期生というものだ。三十五歳のとき、手ずから気圧測定計（バロメーター）を製作した。

「この上天気は、もう二、三日つづくはずである」

「雨を当分、覚悟しなくてはならない」

『イタリア紀行』にそんな予測が出てくるのは、バロメーターによる知識があってのことだろう。

一八一一年十月十二日、ヨーロッパを流星がみまった。それは秋の夜空に巨大な銀色の三角形を描いて流れていった。これを契機として全ヨーロッパに天文熱が高まるのだが、同年、イェーナ大学に付属の天文台設置が決まった。二年後に完成をみたが、八メートルの観測塔をもち、大学付属のこの種の施設として、ドイツで初めてのものだった。小国ワイマールが乏しい財政にもかかわらず、敢《あ》えて設置したのは、大学評議員の長老ゲーテ閣下の意向があずかってのことだった。

さらに二年後の一八一五年、ワイマール公国の高地にあたるエタース山に気象測候所がつくられた。当時、イギリスにリューク・ホワードという薬剤師がいて、アマチュアの気象学者として知られていた。「層雲」「積雲」「乱層雲」などの原語はラテン語だが、ラテン語の得意な薬剤師が自分の気象観測に用いたからで、それが現在も使われている。ゲーテの雲のスケッチには、余白にラテン語で雲の種類を書き加えたものがあるが、七十歳ちかくなって彼は、せっせとホワードの「雲学」を勉強していたらしい。雲の形態、雲の崩れぐあい、現われるときと消え失せるときの特徴、雲の高度差……。ゲーテの雲の絵は時代の新しい学問への正確無比な参考図というものだった。

それだけではない。『ファウスト』第二部・第四幕、「高山」の場。ト書はつぎのとおり。「峨々《がが》とした岩山の頂き。雲が流れてきて山頂に漂い、前に突き出た岩をつつみこむ」

雲が二つに分かれたとたん、ファウストが山頂の出っぱりに進み出た。「雲よ、さらばだ」と呼びかけるところをみると、雲に乗ってきたらしい。つづいて去りゆく雲を見送りながら、ながながと雲談義を口にする。雲が流れながら、さまざまに姿を変えて未来を予告するかのようだというのだ。巨大な女神ともなれば、永遠の恋人へレナを思わせたりもして、揺れながら目の前に浮かんでいる。

とみるまに一方から、やわらかい霧が流れてきて、それが高く昇り、雲になって、なおも高く昇っていく。

「まるでこの胸の思いを、合わせてさらっていくようだ」

長大な悲劇の終わりにちかい山頂で、ながながと雲をめぐるひとりごとをいわせるなど、気象予報士第一期生ならではのことに相違ない。

さらには第五幕・最終場もまた、舞台は「山峡、森、岩」とあって、たえず雲が流れてくる。

「朝雲が筋をひいて樅《もみ》の梢《こずえ》をかすめていく。そこに息づくものがいる」

さらにその上、雲の高みに聖処女、母、女王にあたる人がいる。

うつろうものは
なべてかりもの

そんな「神秘の合唱」にそえて、ゲーテはしきりに雲を動かしたが、時代の先端科学がそっくり悲劇に入りこんでいるのである。

ゲーテが生きていた時代のドイツは、政治や経済においては見るかげもなかったが、精神的にはすこぶる輝いていた。カントが『純粋理性批判』を世に出したのは、ゲーテがワイマール公国の財務局長になった年である。その前後にレッシングが『賢人ナータン』で宗教哲学を絵解きした。シラーが革命的な『群盗』を書いた。

カントが『判断力批判』を公にしたのは、ゲーテが二度目のイタリアへ旅立った年のこと。シラーが「三十年戦争」を素材として高らかに歴史哲学を語った。そのかたわらで、シェリングが自然哲学を説いていた。

ヘーゲルが『精神現象学』を公刊したのと同じ年に、ゲーテは『ファウスト』第一部を書き上げた。さきに見たとおり湯治場テプリッツでベートーヴェンと会ったのが一八一二年であって、この年にヘーゲルの『論理学』が世に出ている。ゲーテの晩年にはドイツ・ロマン派とよばれるホフマンやノヴァーリスやハイネがあらわれた。ショーペンハウアーが『意志と表象としての世界』を書き、フンボルトが『比較言語学研究』を発表した。

しかしながら、ゲーテは同時代の精神界の成果には冷淡だった。カントは名前は知っていたようだが、地の果てのような北方、東プロシアのプロフェサー程度にしか興味をもっていなかった。その『実践理性批判』が世に出たころ、ワイマールの顧問官は町娘クリスティアーネと同棲をはじめて、もっぱら色恋の詩をつくっていた。ヘーゲルやシュレーゲルが彼の関心の範囲に入った形跡はない。おそろしく好奇心が強く、新しいものは何であれ齧《かじ》ってみるのが習い性であった人だというのに、である。

これに対して同時代の科学とは活発なかかわりをもっていた。ヨハネス・ミュラーといった医学者が医学論文として発表して「特殊感覚エネルギー」と名づけた感覚神経に関する新説には、誰よりもはやくその意味を認めた。ベルリン大学化学科の人選を気にして、講師陣をいちいち書きとめていた。自分の力の及ぶイェーナ大学と比較するためだろう。一七八九年、イェーナ大学は化学科に新しく専任の教授ポストを設けたが、それはドイツで初めてのケースだった。ゲーテ学務局長が、どれほど化学を重視していたかがうかがえるのだ。当時、新進気鋭の化学者として知られていたヨハーン・ヴォルフガング・デーベライナーを小都市イェーナに招聘《しょうへい》したのもゲーテ顧問官である。ともに同名のヨハーン・ヴォルフガングであったせいでもあるまいが、新進の化学者と老顧問官とはうまが合った。ゲーテは疑問が起こると、すぐさまイェーナに使いをやってデーベライナーに相談した。

化学のほかには物理学に興味があった。ゲーテ三十代のころだが、ゲッティンゲン大学にゲオルク・クリストフ・リヒテンベルクという物理学教授がいた。実験物理学の分野で「リヒテンベルク図形」というのがあるが、この人の発明である。電気を記録した最初の実験成果であって、これを応用してリヒテンベルクは避雷針を考案した。

ゲーテはいちはやく電気に注目した。イタリア人医学者で電磁気の発見者ルイージ・ガルヴァーニは同時代人であって、そのガルヴァーニ電磁気の実験装置を知るために、イタリア旅行のみぎり、ボローニアのガルヴァーニ先生宅を訪ねたりした。

ついでアレッサンドロ・ヴォルタがガルヴァーニ理論の誤りを指摘したときも、注意深く新しい研究を追いかけた。電磁気といった目に見えない力は、形態学者ゲーテにとって、諸現象の根源に作用している力と思えたのだろう。自前のガルヴァーニ装置をこしらえ、目に見えない力を目に見える形にしようと苦心した。

一七八三年六月、フランスの製紙業者の息子、モンゴルフィエ兄弟が紙で大気球をつくり、空に飛ばした。最初は無人だったが、同年十一月には巨大な軽気球を完成、熱した空気でふくらませ、兄モンゴルフィエみずから打ちのってパリの空を飛んだ。冒険好きの侯爵が同乗し、なおのことセンセーションをまき起こした。

ゲーテはもっとも熱狂した一人であって、同乗した侯爵の「人類最初の飛行体験記」を、すぐさま入手し、ドイツ語に翻訳した。

全ヨーロッパに軽気球熱がひろがった。ワイマールでも宮廷出入りの薬局ブーフホルツが製作に取り組んだ。どうして薬局が中心になったのか。気球に封じこめるガスに関連してのこと、巷《ちまた》の化学は薬剤師の専門だった。

「ブーフホルツは懸命に空気を煽り立てましたが、気球は昇ろうとはしないのでした」

一七八三年十二月のゲーテの手紙から、ワイマールの飛行実験が失敗したことがわかる。手をそえて押し上げようとした人もいたが、それが無駄なことはゲーテにはわかっていた。

「私はこのたびは見守るだけにして、いずれモンゴルフィエ方式の軽気球を空中に飛ばそうと心に決めていました」

翌年六月の手紙によって、宮廷が少なからぬ支援をしたことがうかがえる。高さ約十三メートル、気球の直径六メートルに及ぶ大きなものだった。

「すばらしい眺めでしたが、人を乗せるのはムリでした。ガスを封じこめるまではしなかったからです」

それでも歩行だと十五分かかるところを気球は四分で飛んだというのだが、飛行の高さと時間を競っていたなかで、人間の足と飛行速度とを比較しているのがゲーテらしい。おおかたの人が軽気球を新奇の見世物としていたのに対して、ゲーテははっきりと新しい乗り物とみなしていた。いずれ地上の車輪よりもはるかに速く人間を運ぶにちがいない。『ファウスト』第一部・書斎の場。悪魔メフィストフェレスが学者ファウストに誘いかけるくだり。書斎にばかり閉じこもっていないで、もっと広い世間を知るといい。いろんな体験をしろ。いい女が待ってるぞ。なんなら手引きをしてやろう。

「しもじもの世界を廻ってから上《かみ》の世界へ出向くとしよう。課程をひととおりすませれば、おもしろいし役にも立つ。実習費はとらないぜ」

書斎派のファウストは尻ごみした。うまくいくだろうか。これまで、どうも世間とは、しっくりいかなかったという。ゲーテは世に知られた学者に、他人の前だと「いつも自分がつまらなく思えて、まごついてばかり」などのセリフを呟かせているが、プロフェサーとかドクターとかの肩書つきで収まった人間が、あんがい小心者で臆病なのを、よく見抜いていたようである。メフィストに励まされ、出かける気持になってきたが、それでもまだ決断しかねているようで、ファウストはこういった。

「どうやってここを出ていく？　馬や馬車や馭者はどこだ？」

貧乏学者には、そんな気のきいた乗り物はない。これに対する悪魔メフィストフェレスのセリフ。

「マントをひろげさえすれば、空中高く運んでくれる」

ここまでは、おなじみの悪魔観によっている。悪魔は空を飛ぶとされていた。背中に翼をもつのは天使と同じだが、こちらは堕ちた天使であって、罪深い世界の住人。ともあれ手に馬の蹄をもつ一方で、飛行の能力をそなえている。そんなイメージから、箒《ほうき》にまたがって空をいく魔女と同じように、画家たちは好んで悪魔を飛行させた。モンゴルフィエの軽気球が、とほうもない反響をよび起こしたのは、これまで天使か悪魔の領域とされていた天空に、人間が立ち入るまでになったからだ。悪魔の翼の進化したかたちといったふうなマントをひろげさせたあと、ゲーテはなおもメフィストに語らせている。

「新しい旅立ちだから、荷物は少ないほうがいい。ガスを少々送りこむと、地上から浮き上がる。軽ければ上がるのも早いというわけだ——」

あきらかに軽気球のイメージである。まさに現代の事件と最新技術が、さりげなく悲劇に取り入れてある。モンゴルフィエ兄弟は熱い空気を送りこむことの危険を経験したあと、水素ガス注入式にいきついた。ヴェルサイユの中庭からパリ郊外までの大飛行を実現させたのは、もっぱら水素ガスの力である。メフィストのいった「ガスを少々送りこむと、地上から浮き上がる」は、悪魔のセリフであるとともに、ゲーテにとっては時代の技術のセリフでもあった。ワイマールの薬局方の製作になる軽気球も、やがてこのモンゴルフィエ

ゲーテのスケッチ「蝶」

ゲーテのスケッチ「ねじ」

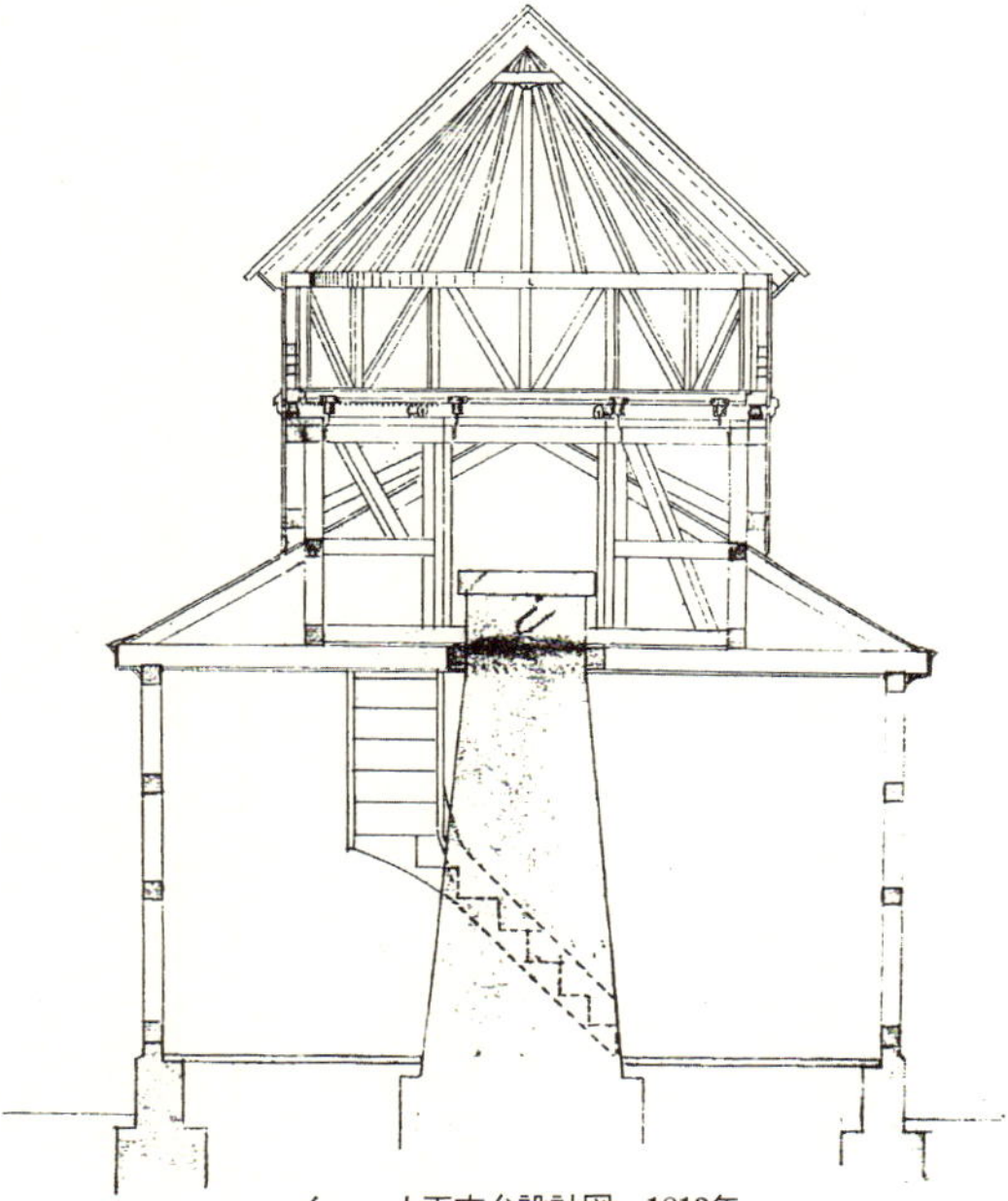

イェーナ天文台設計図　1813年

方式によって目出たく空を飛んだ。

ゲーテが軽気球に熱中したのは、それが意味深い乗り物であることを予感していたからにちがいない。まさに悪魔のマントであって、ひとっ飛びして「上《かみ》の世界」へとつれていく。その「上」は空であるとともに身分制時代の上流階級でもある。高い塀や門で守られ、下々の者の立ち入りを許さない宮殿やお屋敷でも、上からならば手もなくのぞくことができる。王城であれ王都であれ、眼下にながめてヘイゲイできるのだ。「ガスを少々」送りこむだけでいいのである。

モンゴルフィエの軽気球がパリの空に舞い上がってから六年後、フランス革命が勃発《ぼっぱつ》した。偶然ではないだろう。いわばもっとも民主的なこの乗り物が、一夜にして身分制社会を崩壊させた。あとの混乱を考えると、かなり「実習費」が高くついたようだが、課程をひととおりすませたぐあいで、時代は急速に近代へと変わっていく。

書斎にこもりっぱなしの学者先生を誘い出し、薬の力で若返らせて、ひと騒ぎをひき起こす。その旅出《たびで》に託して、ゲーテは時代を正確にとりこみ、意味深い予告をした。ついでながら、メフィストが少々の皮肉をこめて口にしたつぎのセリフも引用しておくと、こんなぐあいだ。

「――では、新しい人生への門出にあたり、お祝いを申しあげる」

赤と黄と青

老いたゲーテに尋ねるとしよう。あなたのこれまでの仕事のなかで、何がいちばん意味深いと思いますか？　ぶしつけな質問に苦笑してゲーテは多少とも口ごもるかもしれないが、しかし、すぐにはっきりというだろう。

「色の考察です」

後世に意味があるとしたら、わが『色彩論』に勝るものはない――。

悲劇『ファウスト』第二部は死の前年に完成した。生前は刊行を見なかった。だから『ファウスト』を除いての話。しかしながら、たとえ『ファウスト』がすでに世に出ていたとしても、ゲーテはやはり『色彩論』を第一にあげたのではあるまいか。『ファウスト』は詩作のなかでは悪くはないが、ともあれ、この世での意義の点では、とてもじゃないが『色彩論』には及ばない——と。そのはずである。なぜならゲーテ自身が『色彩論』のなかでくり返し、これは自分がもっとも長い歳月にわたり、かつはもっとも熱意をこめてたずさわってきた仕事であることを力説しているからだ。これほど長期に及んで、これほど持続して追求したテーマはないというのだ。

三十代のイタリア滞在中に色彩に目覚めた。四十代から少しずつ書きはじめ、何度となく加筆訂正したのを、六十代になってようやくまとめあげた。たしかに『ファウスト』はさらに長期にわたっているが、あいだに長い中断があった。いっぽう『色彩論』は三十年に及んで一貫して追いつづけ、三部構成を考えながら、ねばり強く書き継いだものだった。これがゲーテにとってどれほど重要な著書であったか、作品の生成過程からもよくわかる。

だが、そうだとすると、なおのことワケがわからない。そもそもゲーテの『色彩論』とはいかなるものか？　なんともフシギな著作といえるだろう。まず、むやみに量がある。幸いにも先年、完訳『色彩論』(工作舎)が出たので実物を手にとることができるが、『広辞苑』に匹敵するような厚みを誇っている。何人もの訳者がチームを組み、おそろしく長い時間をかけてやりとげた。苦労がそっくり伝わってくるようなヴォリュームなのだ。これではよほどのモノ好きでもたじたじとして、ちょうど『広辞苑』と同じように書棚に立てかけておくだけで、めったに開かないとしてもやむをえない。

ともあれ、ためしに頁をくってみよう。三部構成をとっていて、「教育学的」「論争的」「歴史的」の部門に分けられている。一つのことを述べるのに、たえず三通りにわたって考察していこうというのだ。それぞれが相互に補完し合って、おのずとことをあきらかにしていく。そのような叙述をとっている。だから読者は辛抱づよく『色彩論』全巻を読み通さなくてはならない。さもないと著者が何をいいたいのかわからない。

いくつも図版がついており、カラーの個所もあって、ながめるのは楽しいことだ。たとえば小さな四角い緑の色紙を貼りつけたような図版には「緑」と断りがついている。著者によれば黄と青が「最初の、もっとも単純な色」であって、この二色が「初めて現われる際に、その機能の最初の段階で生み出す色」があって、それがすなわち緑だというのだ。人間の目はこの色を見ると、「まことの満足」を覚えるそうだ。

ゲーテによると、どの色も目の中に「対色」をよび起こす。正反対の色といった意味らしい。どうしてそれがいえるのか？　実験すればわかること。実験のための色図版が掲げてある。二色のうちの一方を手で隠し、つぎに開いて、また隠す。つぎには二色を隠し、同時に開いて、また隠す。幼いころ友達とやった遊びを思い出す人もいるのではなかろうか。

ゲーテはさまざまな実験をくり返した。巨大なヴォリュームは実験の積み重ねがもたらしたものでもある。手で隠して、開いて、また隠すのも、重要な実験の一つだった。道具を使った場合もあって、その主要な二つが虫眼鏡と三角プリズムだった。理科の勉強用に小学生の筆箱に入っていて、たいていは理科よりも遊びに使われる品である。中年から老年にかけての三十年間、ゲーテは燃えるような熱意とともに虫眼鏡をのぞき、プリズムに光を通し、じっと色のぐあいをながめていた。

四十二歳のとき「光学論」と題して発表したのがはじまりだった。ニュートンのスペクトル分析に反論したもので、ニュートンによるとスペクトル色は色のない太陽光線の成分とされているが、ゲーテがプリズムやレンズで実験したところでは、色はいつも明と暗、あるいは光と闇の境界現象としてあらわれる。光を個々の光線に分解するのは、ゲーテにとっては「不当な抽象」にほかならなかった。ゲーテはまた、ニュートンが暗箱をつくり、一点の穴からのぞいて光を分析したことを批判した。それは光を装置のなかに閉じこめ、科学の名において現象を偽るからだ。

当時、プリズムは高価なレンズであって、ゲーテはそれをイェーナの友人から借りていた。ある日、手紙が届いて、至急返してほしいといわれた。ゲーテは手放すのにしのびなく、目にあてたまま部屋で佇んでいたらしい。たまたまその部屋の四方の壁がまっ白だったので、そこにスペクトル色が映し出された。そのときハタと「色をもたらすための境界」に気がついたという。

「ニュートンはまちがっている！」

おもわず大声で叫んだそうだ。ともに、プリズムへの未練もふっきれた。ゲーテはわざわざ、「それでもってやっと心おきなく返却できた」と書きそえている。

『色彩論』のかなりの部分はニュートン批判にあてられている。ニュートンは暗箱を用いたが、ゲーテはつねに日中の光により、わが目をレンズとした。それが客観性に欠けるといわれると、さっそく「水式プリズム」なるものを考案した。水槽式で、水がプリズムの役割をする。水は人の目とちがい、主観性をもたない。ゲーテが何をヒントに水式プリズムを発明したのか不明だが、たしかに金魚鉢に光がさしたときなど、スペクトル色が壁に映ったりするものだ。

「光学再論」を発表して、ニュートン批判をつづけたが、どこからも認められない。それどころか一笑に付され、たしなめられ、非難された。数学がわかりもしないのにニュートンを批判するとは何ごとであるか。ワイマールの枢密《すうみつ》顧問官がわかりもしないことに血道

ものギルド社会を知っていなかった」
「わたしはそれなりに世間を知っているはずの年齢だったにもかかわらず、学界というものギルド社会を知っていなかった」

ゲーテは『色彩論』のなかの「歴史的部門」において、くやしそうに語っている。学者社会には徒弟制にも似た束縛があって、だれも反ニュートン論を認めるわけにいかないというのだ。「ほんの示唆する程度に批判しただけなのに、おかげで学界全体を敵にまわしてしまった」

ゲーテによるとプリズム映像はたえず生成のなかにあって変化するものなのに、ニュートンは「固定して変化しないものとするまちがい」を犯してしまった。ゲーテは「教育学的部門」において、さまざまな日常的事例をあげて自説への理解を求めている。たとえば高い山で見上げた空はロイヤルブルーの色である。無限の闇の前に微細な靄《もや》が漂ってプリズムの役まわりをしているからだ。ところが谷に降りていくと、しだいに青が明るくなり、さらに里に近づくと白っぽい青に移っていかないか。

ローソクの炎はどうか。シンに近いところは青い炎をあげている。

「ためしにうしろに白い背景を置くとしよう。すると青一色しか見えない。黒い背景にすると、どのようにちがって見えるだろうか？」

こんな「教育学的」な問いかけをしているところをみると、ゲーテは自分でローソクに火をつけ、うしろに白い布を垂らしたり、黒いカーテンの前に置いたりして試してみたにちがいない。煙はふつう黄がかっていたり赤っぽいが、それは背景が明るいときのこと、暗い背景だと青くなるというのだが、ゲーテはワイマールの郊外を歩きながら、家々の煙突から立ちのぼる煙を、いろいろ角度をかえながら観察していたらしいのだ。

「ある夕方、居酒屋を訪れたところ、体格のいい娘が部屋に入ってきた……」

顔が抜けるように白く、黒髪で、まっ赤な胴着をつけていた。その娘が仄《ほの》暗いところではどのように見え、白い壁の前だとどう変わり、さらに明かりの下ではいかに見えたか、ゲーテはことこまかに述べている。この種の事例によるニュートン批判が、研究者の評価するところとならなかったのはむりもないかもしれない。同時代の学者はともかく、後世はきっと自分の説を認めるはずだとゲーテは考えていたようだが、後世もまた、そこに文学は見つけても科学はさっぱり認めなかった。

ゲーテは幼いころ、イタリア人画家より絵の手ほどきを受けた。教育パパだった父親が古典語や音楽とともに教えこませた。その後、音楽には疎遠になったが、絵にはずっと熱心で、スケッチ類を含めると数千点にのぼるものを残している。

『イタリア紀行』におなじみだが、嬉々として石を集める博物学者のかたわらに必ずひとりの画家がいた。見知らぬ土地に入るたびに、ゲーテはまず画家の眼差しで反応した。ある天気のいい午後にシチリア島の首都パレルモに到着したときのことだが、海辺にうっすらと立ちこめた靄を報告しながら、驚嘆の声をあげている。靄がただよっているのに目に映るところはこの上なく明快だ。

「くっきりとした輪郭、やわらかな全体、色調の移りゆき、空と海と陸の調和。ひと目見た人は、きっと一生忘れない」

どんなに言葉を費やしても語りつくせるものではないというのだが、筆ではなく絵筆の領分であるといいたげだ。事実、このあとすぐに、いかなる詩人でもなくフランスの風景画家クロード・ローランを思い出した。

『色彩論』はニュートン批判にはじまり、光学から物理学に及んでいるが、実のところ、これはニュートンとも光学とも物理学ともかかわりがない。というのは終始、色彩の物理学ではなく、色の生理学とでもいうべきものをめぐっているからだ。色彩と人間の感覚とのかかわりをとりあげて、これほど包括的で示唆に富み、またこれほど独創的な仕事は世に二つとないだろう。光学の専門家には無視され、ニュートン学派からはせせら笑われ、物理学者には相手にされなかった。シロウトに土足で自分たちの専門に踏みこまれた気がしたらしいのだが、その誤解は当然だった。著者自身がたぶんに自作を誤解していた。『色彩論』に掲げられた図の一つだが、黒のなかに白い円があって、そこにAの標示がついている。その下にもう一つ、黒のなかに白い円があって、その白い円のなかに黒い円がある。これと対照させるように、右には黒のなかに黒の円環をもつ白い円があってBの標示が見える。その下には黒のなかに白い円があって、その白い円のなかに黒い円があり、まわりに二つの円環をもっていて、これにはDの標示がついている。

ゲーテが試みた実験の一つであって、Aに平行させて虫眼鏡をかざすと、円の周囲が拡大され、外に引きのばされたぐあいになり、そこにうっすらと青があらわれる。仮に図解するとBの形になる。さらに凸面レンズと凹面レンズを並用して実験をすすめると、円周の拡大がDにあたる現象をみせ、そこに黄色があらわれる。

ゲーテにとって青と黄がもっとも明快な「絶対色」であって、ニュートンがあげた緑は、むしろ青と黄の合成色にほかならなかった。だからこそ緑を図版で示して、これは青と黄が「その機能の最初の段階で生み出す色」だと説明した。主観的な見方にすぎないといわれたらしく、それで虫メガネによる円の拡大実験をしたのではあるまいか。べつにこまかく合成のしくみを図解して、青と黄の「色の先端」が交わると、いかに必然的に――つまりは客観的に――緑を生み出すかを納得させようとした。根源の色というべき青について、これが黄と同じく「みずからが光をもち」、だからしていつも暗さを内包していると説いている。だからこそ青は人の目に刺激と安らぎの相反したものを呼びおこす。

「何か快適なものが目の前から去っていくとき、われわれは好んでそれを目で追うものだが、その際、おのずと青を見ている。青は迫ってくるのではなく、みずからに引き寄せる色である」

ニュートンをはじめとする物理学者は、夢にもこんなことは思わないし、ましてや論文のなかに述べたりはしない。朴念仁の彼らは青い服の女性に、なぜか惹かれたりしなかったからだ。詩人の本能と直観が見てとった青の生理であって、ゲーテはそれを客観的に証明するため悪戦苦闘した。『色彩論』のヴォリュームは、涙なくして読めないたぐいの工夫と苦心がこもっている。といって、ことさら天才ゲーテのこうむった無理解をいいたてるまでもないだろう。文豪といわれる人は、つねにその時どきの流行に敏感である。ゲーテの色の考察もまた、あきらかに時代の産物の一面をもっている。

『色彩論』があらわれたのとほぼ同じころだが、新設されたばかりのベルリン大学生理学教授ヨハネス・ミュラーは人体の感覚をめぐる新説を発表して話題をよんでいた。一連の論文で示された発見は、ほぼつぎの二点に要約できる。

一　同一の刺激がさまざまの感覚神経に作用するとき、それはさまざまの感覚をひきお

「色彩論」のための胸像

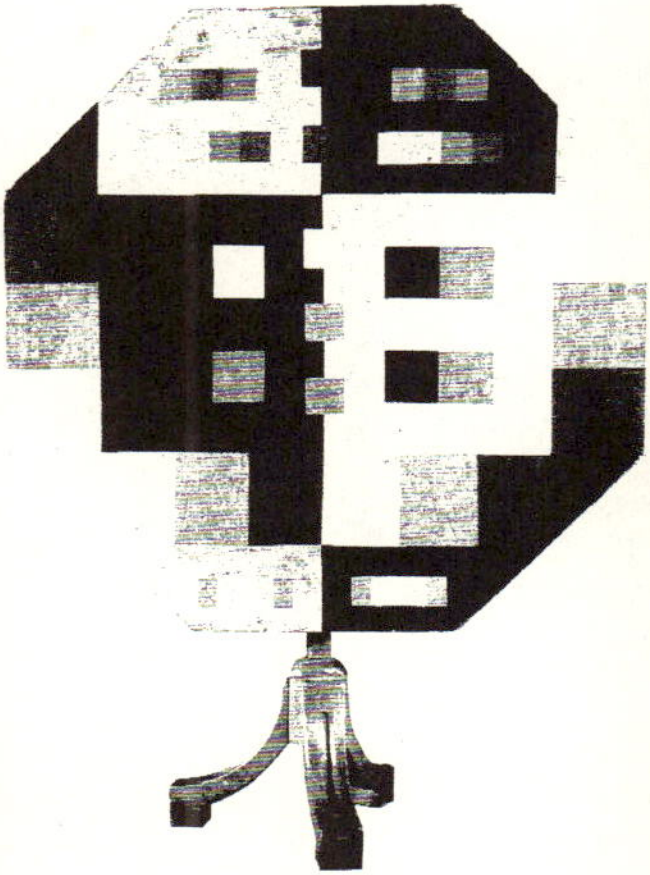

「色彩論」のための図版

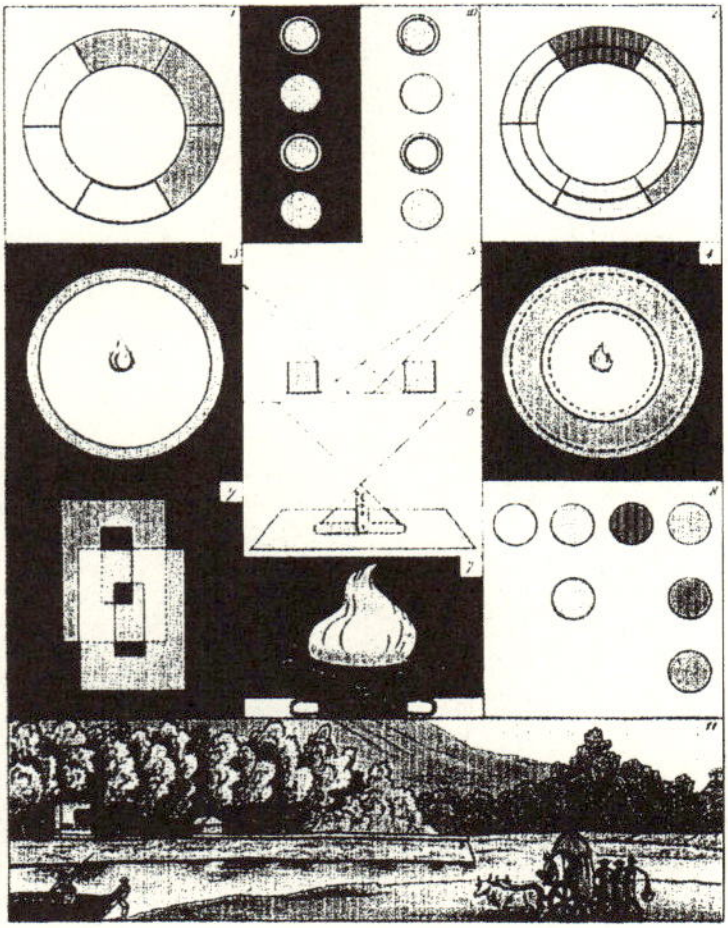

「色彩論」のための図版

こす。

二　さまざまな刺激が同一の感覚神経に作用するとき、それは同一の感覚をひきおこす。ヨハネス・ミュラーは「特殊感覚エネルギー」と名づけたが、わかりやすくいうと、つぎのようなことになる。たとえば視覚神経には刺激が電流であろうと、エーテル波であろうと、いずれにせよ光の感覚でもって反応する。私たちの日常の体験に照らしても、ミュラー先生のいうとおりであって、目に水が入ったときもあるいはだれかに殴られたときも、目に光が走ったように思うものだ。これはミュラー説の二にあたり、一はたとえば、耳であればガンと音がしたように思うし、皮膚であれば火傷《やけど》をしたように感じることだろう。同じ棍棒《こんぼう》の一撃が、耳には響きとしての、皮膚には火傷としての、そして目には光としての感覚をよび起こすわけだ。

ゲーテが三角プリズムを借りたのは「イェーナの友人」とあるだけで、くわしくはわからないが、たぶん、大学関係者だったと思われる。イェーナ大学はワイマール公国のもとにあって、枢密顧問官ゲーテは大学評議員の有力メンバーだった。友人シラーに詩学教授のポストを用意したのも、自分の人事権を行使してのことだった。

由緒あるイェーナ大学の栄光を圧倒するように新設のベルリン大学は活気にあふれていた。化学科教授クラープロートは、化学的構造において同一の物体が、まるきりべつの形態をとることを確認した。彼はそれをディモルフィー（同質異像）と命名したが、たとえば方解石と霰石《あられいし》とは、ともに同じ$CaCO_3$（炭酸カルシウム）よりできているのに、全然べつの石として存在する。もっとも硬度の高い鉱物のダイヤモンドと、もっともやわらかい鉱物である黒鉛とは、いずれも結晶化した炭素である。すっぱい酢と、甘い砂糖とは、同一の化学的成分から成り立っている。人体に有害な雷酸水銀と無害なシアン酸水銀は化学的には同じものだ……。

イェーナ大学評議員ゲーテは注意深く、つぎつぎと発表される研究者の業績を見守っていたにちがいない。名うての石の蒐集《しゅうしゅう》家であり、旅行のたびに石を背負って帰らずにいられないゲーテにとって、方解石と霰石とが同じ成分よりできていながら、およそちがった石であると知って、目からウロコが落ちる思いがしたのではあるまいか。

ゲーテの『色彩論』は人間の感覚、とりわけ目玉に捧げられた長大な讃歌というものだ。色ひとつをとってみても、それがいかに精妙な反応を示すものか。その「特殊感覚エネルギー」を実証するために、自分の目玉を素材にして、三十年に及び一連の「化学実験」をした。ゲーテの色の考察は「教育学的部門」などとしかつめらしく語られているが、感覚の不思議さ、その多層性をあざやかにとらえている。ゲーテはニュートンのように色を不変のもの、つまりは死んだものとは見なかった。そこに取り上げてあるのは、つねに初々しい感覚機能であったからだ。

晩年の記録である『エッカーマンとの対話』によると、どうして『色彩論』が世にいれられなかったのかと問われ、ゲーテは答えている——読んで学ぶだけでなく、実行を求めている本だから。たしかにゲーテにひとしい感覚を要求されるのであれば、ひろまらないのもムリはない。

モデルと肖像

ある頃からゲーテの肖像画がめだってふえていく。中年以後の「ゲーテ像」といわれるものが、おそろしくどっさりあるのは、それだけひろく名前が知られてきたせいだが、ひとつには肖像画がつくられる現場の事情もあずかっていた。つまり産業としての肖像である。

当時の肖像画は現在の写真であって、〝カメラマン〟が撮影にくる。うっかり承諾すると、いつのまにかコピーがあちこちに出まわった。コピーをもとにレリーフやメダルをつくる業者がいて、それを有名人好きの貴族や富裕な市民に売りあるく。

「穴熊生活はやめにして、表に出てきてくれないか。ひとつ、たのみがある……」
ワイマール公からゲーテ宛の手紙が残されている。つてをたよって画家が申し入れてきたのだろう。主君のたのみとあれば無下に断れない。衣服をととのえてモデルになる。カメラのようにシャッターを押すだけではないので、ひと月あまりもモデル台に立つ羽目になった。

同じ画家の作になるものが何点もあるのは、オリジナルをもとにして、のちに画家が複製をつくったからだ。肖像権といったものに頓着しないから、当人には何の連絡もない。「商品」であれば、画家は工夫して美しくした。ゲーテの理想化は、まず肖像画の業界からはじまった。おかげでゲーテはおりおり、思いもかけないところで、いやらしく若造りした自分と出くわさなくてはならなかった。

一八〇八年十月、ナポレオンがワイマールに立ち寄ってゲーテと会った。軍人皇帝と文人宰相とが北ドイツの小都市で会見した。ナポレオンは『若きウェルテルの悩み』を九回読んだと述べ、ナポレオン勲章を詩人に贈った。ほかにこれといって何も伝わっていないところをみると、つまりがその程度の儀礼的な会見だったと思われる。

二十代半ばに書いたラブ・ロマンスを絶賛されて、ゲーテがよろこんだかどうかはわからない。宮廷の面々が居並ぶ前では、うやうやしく勲章を受け取ったが、自分では胸につけたことはなかったようだ。

世間はニュース種を見逃さない。さっそく、ナポレオン風の軍服に勲章をつけたゲーテのシルエットがあらわれた。十九世紀のシルエットは二十世紀のブロマイドと同じで、ブロマイド業界が合成して作製した。

そんな一つと旅先で出くわしたのだろう。

「白いエポレットと野蛮な軍服に、どうかびっくりしないように……」

妻クリスティアーネへの手紙につけて送った。ナポレオンとそっくりのいで立ちのゲーテが影絵として描かれていた。

「シルエット業者のやり方で、どうしようもないのだね」

町娘あがりのクリスティアーネは、ゲーテとは世界観がちがっており、大いにナポレオン・スタイルが気に入った。

「これまでのどの肖像よりもよくできている」と返事に書いている。

「また見つけたら送ってちょうだい」

妻からの手紙を手にして、ゲーテは多少とも浮かぬ顔をしていたのではなかろうか。

一八〇五年、シラーが死んだ。十歳年下の友人が先に逝った。

このころよりゲーテは持病の腎臓疝痛がひどくなって、夏の休暇はおおかたカールスバートなどの温泉町で過ごすようになる。ドイツ連合軍とナポレオン軍とのイェーナの戦い、ワグラムの会戦、ナポレオンのロシア遠征。英雄の落日がはじまって、急テンポで栄光が色あせていく。一八一三年のライプツィヒの戦いで、はじめてドイツ連合軍がナポレオン軍を打ち負かした。翌年三月、連合軍、パリ入城。ナポレオンはエルバ島に流された。もう軍服姿のシルエットが出まわるおそれはない。

晩年のゲーテは「クセーニエン」という文学形式を愛用した。古代ローマのエピグラム作者がつくり出した型で、韻を踏んだ短詩にあたる。ひところシラーと共作していた。ゲーテひとりの作は五百篇あまりを数える。

思いつくと、すぐ手元の紙に書きつけた。手紙の封筒、注文書の余白、メニューの裏など、何でもいい。少したまると、あらためて脚韻をととのえて清書した。

幼な友達が訪ねてきて、腰を据えたきり動かない。話すことといえば昔ばなしばかり、ついては今の世の中を罵《ののし》っている。ゲーテは辛抱づよく相手になっていたのだろう。相槌《あいづち》を打ちながら、何くわぬ顔でメモに書きとめた。そんな短詩の一つ。

どうしてすぐに

いやになるのだ
今が宝
昔は屑《くず》

クセーニエンは創作でなくてもかまわない。すでにある作品を借りて、自分風につくり直してもいい。老いた者には打ってつけの形式というものだ。

宮廷のお歴々が子弟教育のことで相談にきた。何人もの教師をつけて勉強させているのに、成果がはかばかしくない。能力をみせてくれない。どうしたものか、ゲーテ閣下の助言を借りたい。

ゲーテはさぞかし神妙な顔で助言をしたのだろう。体験の重要さを説いて、旅や遊学をすすめたかもしれない。ついては自作『ヴィルヘルム・マイスターの修業時代』を持ち出してきて、そこで述べたところを、あらためて語ったのではあるまいか。

もっともらしく助言していて、ゲーテはふと、「どんなにすぐれた教育者でも、ロバを博士にはできない」といった意味の言い廻しを思い出していたかもしれない。というのも、クセーニエンの一つにある。

たとえキリストのロバを
聖地に追っていこうとも
駿馬《しゅんめ》にはならない
ロバはロバのまま

ごくたわいない短詩であって、作者の考えや思想を、そのまま伝えるものではない。半ばは遊び、とりわけ形式の遊びとしての要素が強かった。翻訳では消えてしまうが、原詩は四行なり八行なりが、かりに脚韻の型を分類すると、a・b・a・b型といった形式をとっていたり、さらにa・b・a・bがc・d・c・dと変化してつづいたりする。二行刻みに入れかわって、意味を結び、逆転させ、皮肉に変える。

そんな言葉の遊びではあれ——あるいは、だからこそ——あからさまに本心をのぞかせることもできたようだ。形式の仮面を楯にすれば、何であれいえる。宗教批判はタブーであっても、宗教を掲げる者の傲慢ぶりは腹にすえかねた。ゲーテは四行詩に託している。

科学と芸術を知れば
おのずと宗教をもつ

科学も芸術も知らなければ
おのずと宗教にすがる

その種の宗教家の長ったらしい説教に閉口したらしい。聖人であれ賢人であれ、教えを受けるのにやぶさかではないが——とクセーニエンを書きおこし、ゲーテはつづけている——それなら簡潔にいってもらおう、長広舌はごめんこうむる。

つまるところ人は何をめざすのか？
世を知って軽蔑しないでいること

フリートリヒ・リーマーといって、二十九歳のとき、ゲーテ家に家庭教師として傭《やと》われた人がいた。十年ちかく同じ家に住み、家庭教師としてだけでなく、ゲーテの秘書役として働いた。ゲーテ家の小間使いと結婚して独立してからも、何かにつけてゲーテは彼に来てもらった。「リーマーの承諾なしに遺稿を公刊してはならない」といった意味のことを書きのこしているから、それだけ信頼が厚かったのだろう。

文学的教養だけでなく、リーマーは絵も巧みだった。スケッチの形で身辺の人をノートに描いており、散歩するゲーテの姿も見える。肖像画家ではなかったので、美しく描く必要がない。そのスケッチにとどめられているゲーテは、腹がかなり突き出ていて、シャツのボタンがはちきれそうだ。フロックもズボンもしわをもち、みるからにくたびれたしろものなのは、実際そんな使いふるしを身につけていたからだろう。散歩には、同じくくたびれた山高帽をかぶり、長靴をはいていた。押し出しは立派だが、威圧的なところはなく、むしろ控え目な感じがしたそうだ。声をかけられると厳粛な顔で応じ、そっけないような調子で答えた。

イギリスの作家サッカレーもゲーテを訪れたときスケッチをした。同じく肥満体で、両手をうしろで握っている。こちらは部屋着にズボンだが、やはりどちらも使いふるしであることが見てとれる。

一八一五年一月、クリスティアーネは脳卒中にみまわれた。そのときは軽くてすんだが、翌月ふたたび倒れた。四月にはカールスバートへ湯治に出かけた。翌一六年五月、重態に陥《おちい》り、六月、死去。聖ヤコブ教会墓地に葬られた。六十七歳でゲーテは妻をなくした。

八行詩のクセーニエンの一つで、生前は発表を見なかったものだが、財産と名誉と気力について述べている。財産を失うのは多少の痛手であって、すぐにも策を立て、新しく獲得する算段をしなくてはならない。名誉を失うのは、これは大きな痛手であって、なんとしても回復しなくてはなるまい。

気力をなくすると一切を失う
それなら生まれてこぬがいい

いつの作かはわからないが、友人や妻をなくしていったころではあるまいか。シラーが死んだとき、ゲーテはのびのびになっていた『ファウスト』第一部の完成をめざした。妻をなくしたあと、懸案だった第二部にとりかかった。自分を奮《ふる》い立たせる方式がうかがえる。大きな喪失に対しては、より大きな仕事をあてる。それが新しい努力をうながし、べつの興味をひきおこし、いろいろな発見をもたらすからだ。

ゲーテは老いてからハレ大学に通い、有名なガル教授の頭蓋骨講義を聴講した。親しんできた骨相学を補うためだった。彗星がとりざたされると天文観測に熱を上げた。パナマ運河の計画が発表されたとき、すぐさま興味を示して資料をとり寄せた。それがやがて『ファウスト』終幕に生かされた。

ワイマールのゲーテ記念館には、書斎が生前のまま保存されている。狭い簡素な部屋で、窓ぎわに机があり、椅子がある。しかし机は立ち机であって、ゲーテは立って書いた。椅子は秘書用で、ゆっくり歩きながら口述するゲーテの言葉を、椅子にすわった秘書が筆記した。

妻をなくした翌年にあたるが、シュトゥットガルトの新聞が大きな広告をのせた。専属の画家がワイマールに赴き、大詩人ゲーテを正確にスケッチしてきたので、これを原画として、銅版の肖像画を製作中。予約購読者にプレゼントするから申し込まれたい。

そのときのスケッチがのこされていて、クレヨンで淡い色づけがしてある。ゲーテはいつものくたびれた部屋着でいたようだ。真横の構図で描かれていて、額が禿げ上がり、頬は垂れぎみで、口をかたく結んでいる。髪は短く刈ってあって、もしゲーテと知らなければ、ごくありきたりの、多少とも頑固な町の老人と思うところだ。

ほぼ同じころ、イギリスの画家がワイマールに滞在して仕上げた肖像が数点あるが、いずれも胸の両側に星型をした勲章をつけている。べつの画家の肖像でも同じ勲章をつけ、首から十字勲章を下げている。画家がわざとつけさせたのか、それともゲーテがよろこんでだせいなのか。いずれにせよ画家はワイマール首席顧問官の口ききでやってきた。肖像画から版をおこし、数多くの銅版を刷ったようだが、その数量に応じてワイマールの国庫に

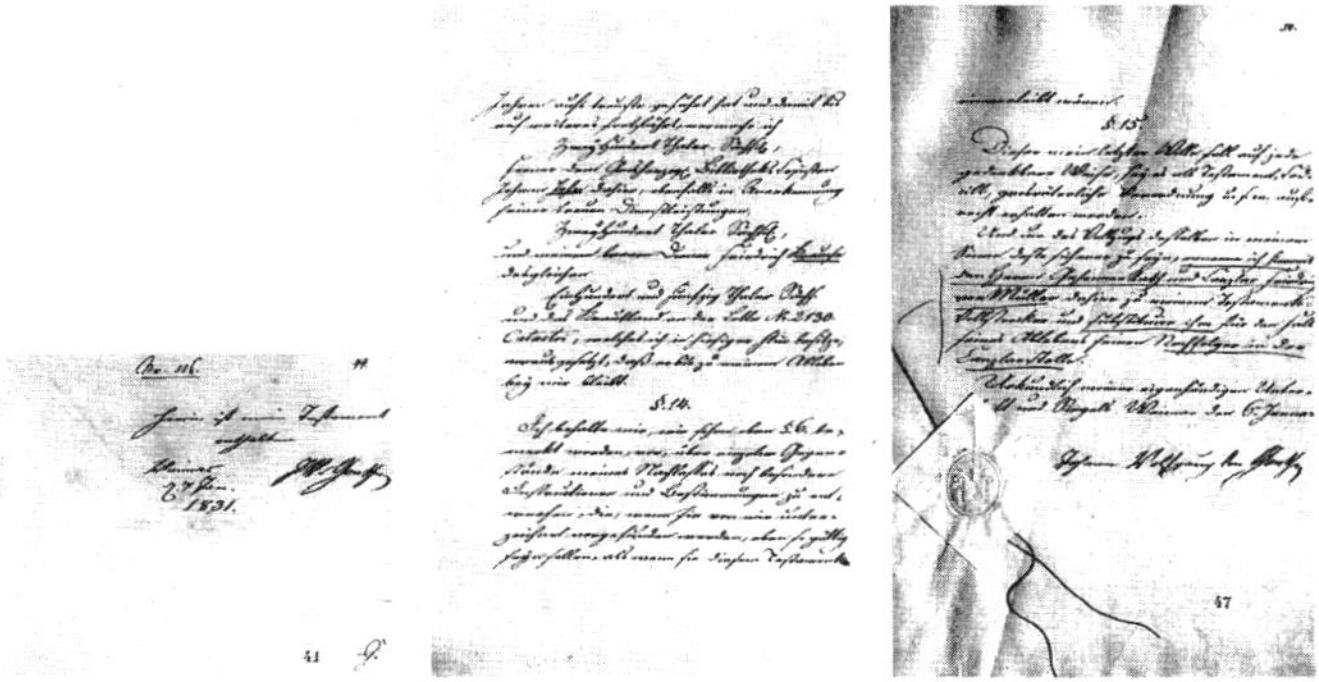

上)ゲーテの遺言書
1831年

左)F・プレラー画
「ゲーテのデスマスク」
1832年

右)F・リーマー画
「散歩中のゲーテ」
1810年頃

下)H・ブラント画
「貨幣のための原画」
1826年

マージンが入った。国庫がたえず底をついていたことを、かつての財務顧問官ゲーテはよく知っており、それで依頼を断らなかったのか。商品としての肖像をつくるかぎり、勲章のような小道具なしというわけにはいかない。

死の前の十年ちかくは石膏の胸像が登場してくる。

「首席顧問官シュルツが三人のベルリンの芸術家をつれてきた……」

胸像やメダルの製作が産業として成長しはじめていた。しだいに力をつけてきた市民層が書斎をもつようになった。この階層が富のあとに欲しがったのは教養と名誉である。教育ブームがはじまり、家庭教師がひっぱりだこで、そのころ学生だったハイネは、もっぱらそれで食っていた。教養好きをからかって、大学町ゲッティンゲンの最良の市民は雄牛だなどと述べている。

「ビーダーマイヤー氏」といって俗物の代名詞に使われた。金文字の背表紙の本を書斎に並べ、かたわらに詩聖ダンテの胸像を置く。ダンテが古すぎる人にゲーテがとって代わった。原型さえあれば、いくらでもコピーがつくれる。

ゲーテの胸像としては、ベルリンの彫刻家クリスティアン・ラウホ作がよく知られている。のちのゲーテ像の手本になったもので、一八二〇年にできた。ゲーテ七十一歳のときのことだが、胸像はとても七十代とは思えない。広い額と大きな鼻はおなじみで、同じく口をかたく結び、全体の印象は四十代のように若々しい。これもワイマール首席顧問官の要請によって、ゲーテはモデルを引き受けた。出来ばえを問われたとき、そっけなく「ラウホの作品である」といったそうだ。

とりわけハインリヒ・コルベの肖像が、のちのゲーテのイメージを大きく決めた。画家コルベはデュッセルドルフ美術学校教授でもあって、一八二二年にスケッチをもち帰り、四年がかりで完成した。タテ2・22メートル、ヨコ1・56メートルの大作で、白い襟巻と黒いマントを身につけた老ゲーテが正面にスックと立っている。左手に手帳、右手にペン、かたわらの石のベンチに山高帽とステッキが置かれているのは、散歩の途中に詩想が湧いたから書きつけたところらしい。顔を上げ、大きな目で、はるかなかなたを凝視している。

ビーダーマイヤー氏のいだく大詩人のイメージとぴったりで、背景はイタリア、夢幻的な南方の風景がひろがり、ヴェスヴィオ山が火を噴いている。

画家がスケッチに訪れたとき、ゲーテは親しく応対した。イタリア旅行が、いかに自分にとって意味深い体験だったかを語り、噴火直後のヴェスヴィオ山に登ったことも話したのだろう。コルベはデュッセルドルフのアトリエで大作を仕上げた。

完成作を見せられたとき、ゲーテは唖然としたらしい。七十七歳の自分が、三十代にい

た土地に据えられており、なんともわざとらしいポーズをとっている。

感想を問われ、ただ「うれしくない」と、ひとことだけ述べたというが、現実のゲーテを置き去りにして、市民層の形成と手をたずさえ、着々と理想化が進んでいった。

だが、ゲーテには、そんなことにかかずらう暇はなかった。刻々と細っていく命とつばぜり合いをするようにして『ファウスト』第二部にとりくんでいた。七十六のとき、ヘレナの場を書きあげたが、あとが進まない。八十歳になって、ようやく冒頭を書きあげた。ついで大部な「古代ワルプルギスの夜」に苦労した。

八十二歳を迎えた年のはじめに遺言状をしたためた。手紙の形にして封に収め、封印をした。それから気力を奮い起こして、『ファウスト』第二部の完成に取り組んだ。気力が失せたままなら「生まれてこぬがいい」からである。

もっと光を！

いちどゲーテは退屈した。およそないことだったが、死ぬほど退屈した。自分でも「死のような退屈」と手紙に書いている。政治、経済、財政、農芸、美術、文芸、劇、鉱物、植物、医学、天文……。女性をめぐるツヤっぽい小世界を除いてのこと。およそいろんな分野に活発な関心をもち、しかもそれぞれの現場で、着々と成果をあげてきた。『ファウスト』のセリフにあるとおり、「天地の万物」にかかわり合って、それを動かしている原理を究明しないではいられない。それは元来、退屈を知らない精神にだけできることだ。

一八二五年、ワイマール国王カール・アウグスト公は在位五十年目を迎えた。ゲーテが

赴任したのも同じく五十年前のこと。記念の五十年祭が挙行された。公国の紋章になぞらえ、ゲーテの館に竪琴を抱いて天翔ける鷲《わし》の飾りが施された。詩神ミューズをあらわす竪琴と、国の守護神の鷲を組み合わせたわけだ。となれば枢密《すうみつ》顧問官ゲーテ閣下が詩人としてお返しをする。原詩は二行ずつ対になっており、絃の調べが天界にとどく。

昼は漂う雲のかなた
夜は輝く星のたかみ
きよらかな調べで
天界の歌をうたう

当時の習わしらしいが、宮廷人をはじめ、友人知人、また市民たちがサイン帳を持って祝いにやってくる。ゲーテは一人ひとりに記念の詩を書き入れた。そんなサイン会を兼ねていた。七十六歳のゲーテは、終始、上機嫌で、それぞれにサインのあと握手をした。これもサイン会の作法である。竪琴を抱いて天翔ける鷲といった紋切り形は、宮廷お傭いの役目がら観念していたのだろう。ゲーテは抜け目なくもう一つ、祝典詩の返し歌にあたるのをつくっている。

歌はいつも高々と
天翔けるものなのか
高みより呼びかけて
愛と恋とを誘い出す

七十代になって、やつぎばやに大作を完成させている。詩集『西東詩集』、小説『ヴィルヘルム・マイスターの遍歴時代』、諷刺作『穏和なクセーニエン』、『イタリア紀行』第三部、自伝『詩と真実』、『ファウスト』第二部ばかりは八十二歳まで持ちこした。

この間、彗星観測に熱中し、みずから評議員をつとめるイェーナ大学に働きかけて天文台をつくらせた。七十四歳のとき、湯治町マリーエンバートで十九歳の娘をみそめて求愛に通い、婉曲《えんきょく》的に拒否された帰りの馬車の中で、ありあわせの紙に長詩「マリーエンバートの悲歌」を一気に書いた。

パナマ運河の計画が発表されると、さっそく資料を取り寄せて検討した。パリ学士院の科学論争を注意深く追っかけていた。若い世代のハイネや、スタンダールの『赤と黒』や、ユゴーの『ノートルダム・ド・パリ』を読んでいた。リバプールとマンチェスター間の鉄道開通のニュースを聞いて興奮した。

クリスティアーネはすでにこの世にいなかった。シュタイン夫人が死んだ。カール・アウグスト公がベルリンからの帰途に急逝した。親しかった公妃がみまかった。ひとり息子アウグストが旅先で客死した。

一枚の鉛筆画がつたわっている。一八二五年の記念式用に記念貨幣の鋳造が予定され、ベルリン王立造幣局に依嘱された。金貨の表には大公夫妻が、裏にはゲーテが刻まれる。先にメダルがつくられたが、評判がよくない。いろいろやりとりがあったのちに、彫金師ブラントが、みずから下絵をとるためにやってきた。ゲーテは三度にわたりモデルになった。

当時、貨幣に刻まれた像は、すこぶる精巧なものだった。というのは一つの重要な役目をおびていたからである。写真もテレビもない時代に、人々はどうして国王や高官、著名人を見わけたのか？　名をかたるニセモノが出なかったのか？

むろん、多くの詐欺師、ペテン師がいた。人物を見わけるにあたり、人々はまず貨幣と見くらべた。貨幣は人物証明を兼ねていた。くり返しメダルや貨幣が鋳造されたのは、人は刻々と老いていくからで、識別のためにも最新のものでなくてはならない。

ハインリヒ・ブラント画の「貨幣のための原画」は、そんな慣習から生まれた。正確無比のポートレートにちがいない。深いシワが無数に走っている。首元の覆いは喉のタルミを隠すためのようだ。ただし、これはオリジナルではなく、いつのころか、写真に撮ってあったものが復元された。もっとも忠実なゲーテ像は、ドレスデン国立美術館の銅版画室に収められたはずであるが、なぜか一九四五年以後、行方が知れない。

一八三二年三月十六日、ゲーテは日記に書いた。

「気分すぐれず、終日ベッド」

六十年にわたりつづけられてきた日記は、簡明なこの一行で終わっている。主治医は急性感冒と診断した。嫁のオティーリエが病床をみとった。官房長や秘書や友人たちが見守っていた。

主治医の記録によると、死の二日前、ゲーテは激痛にみまわれ、死の不安を口にした。しかし、オティーリエは義父が終始、朗らかで、冗談すら口にしたと述べている。官房長や友人は、苦しみなく、命の炎が細っていったことを伝えている。

三月二十二日、午前十一時半、ゲーテ、死去。最後の言葉は有名な「もっと光を！」。死に際しての名言集に欠かせない。しかし、ゲーテ記念館に生前のまま保存されている部屋を見れば、おおよそわかる。天井の低い小部屋であって窓が小さいのだ。お昼前のひととき、ゲーテは呟くように言ったのだろう。

「暗いねェ。窓を開けて、もっと光を入れてくれないか」

老人の性急さで、多少とも嫁の気の利かなさを思っていたかもしれない。

病床につく十日前だが、知人にたのまれ、その人の孫のサイン帳に一筆書いた。このあと何も作っていないから、辞世、また絶筆にあたる。

戸口を掃除しよう
すると町はきれいだ
宿題をちゃんとしよう
するとすべて安心だ

もののしく解釈される「もっと光を！」よりも、童心に帰った四行詩こそゲーテ最後の言葉にふさわしい。前年に『ファウスト』を仕上げ、封印までしていた。宿題はちゃんとすまして、すっかり安心していた。

画家のプレラーによる「デス・マスク」がある。ゲーテ自身、その種のものを好まなかった。「死神は凡庸な肖像画家」だと、つねづね述べていた。そんな者の手になる姿を、のちの記憶にとどめられたくない。

だからプレラーが申し出たとき、オティーリエはいちどは断った。しかし、プレラーは夫、アウグストの客死の際、みとってくれた恩人であって、そのためもあってか最後には承知した。プレラーの鉛筆画により、ゲーテの死顔が月桂樹で飾られていたことがわかる。

「葬儀の当日、じかに写しとった」と画家はメモをつけた。

とすると、その前だろうか、エッカーマンが遺骸を見たいといって朝早くやってきた。晩年のゲーテの聞き役だった人を、家僕は、拒まなかったのだろう。棺の置かれていた部屋の鍵をあけた。

遺骸は仰向けで、まっすぐに寝かされ、裸にして敷布でつつんであった。まわりに氷の塊が、かなり近づけて置かれていた。遺体をできるだけ長く保存するためである。

エッカーマンはシーツを引き上げて、死体を見た。胸は幅広く隆起していた。腕と股にはゆたかな筋肉があり、脚はいい形をしていた。全身のどこにも、くずれた趣きはなかった。おもわず彼は心臓に手を置いた。それはむろん停止しており、まわりの静けさとぴったり、とけ合っていた。

文庫版あとがき

ながらくゲーテは遠い親戚の伯父さんだった。エライ人だとは聞いていたが、それ以上に恐い人のようでもある。おっかないので敬遠していた。

いずれ、そのうち、と考えていた。トシをとってから取りかかっても遅くはない。むしろ齢をかさねてからのほうが合っているような気がした。ナマ身の伯父さんとちがって活字の上では、急にポックリといったおそれはない。

ある日、気がつくと、けっこうトシをとっていた。そこで都心に出たついでに洋書屋に寄り道をして、ひとかかえほど買ってきた。二百年ばかり前の人なので、読み慣れるまで少々てこずったが、古い言い廻しになじんでくると、翻訳書よりもずっと読みやすい。駄ジャレや皮肉やからかいなども、ずいぶん出てくる。だんだんおもしろくなってきた。

「文豪ゲーテ」が通り相場だが、文学だけの人ではない。『色彩の研究』といった大部な著書もある。地質学や鉱山学にも一家言があった。植物の発生について新説を立てた。骨を調べて、人間と猿とのちがいを論文にした。

文芸一般はもとよりのこと、ギリシャやローマの古典にくわしく、地誌、民俗、歴史に通じ、美術や建築に理解が深く、自分でもなかなか上手に絵を描いた。毎日、雲のたたずまいを描きとめたりして、数千点のスケッチを残している。

ワイマール公国といって、ごくちっぽけな国ではあるが、とにかくそこの行政官をしていた。ひところは宰相というべき地位にあって、貧乏小国の財務をやりくりした。首都ワイマールの道路の拡張や、下水道の整備に苦労した。大学を新設して、友人の詩人シラーを詩学教授に押しこんだこともある。

華やかな場にいた人によくあることだが、生涯をいろどった女性にもこと欠かない。恋愛沙汰はひきもきらないが、結婚まで進みかけると、巧みに逃げ出した。四十すぎて、やっと町娘を伴侶にしたが、子供ができてからも、なかなか入籍しようとしなかった。その妻に先立たれたあと、七十すぎて十代の娘に求婚して断られた。

どうやら「恐い人」というのは早トチリの思いこみだったようである。むしろ恐いといったタイプとは正反対の人なのだが、人間のスケールがちがうと、どこか恐い感じがするもので、そんなところから、なにやらおっかないイメージができてしまったのだろう。

文豪ゲーテとくると雲の上の人のようだが、それは死後に人がまつり上げたまでのこと。生前は、どちらかというと、悪口ばかりいわれていた。若いころは「シュトゥルム・ウント・ドランク（疾風怒濤）」などといわれた。「手のつけられぬ連中」といった意味で、上の世代から眉をひそめられた。中年のころはフランス革命にビクついている臆病者とみなされていた。老いてからはハイネのような革命詩人に、批判の標的にされた。

そんななかで当人は、さほど動じたけはいがない。どうやら、つぎのような自作の四行詩をモットーにしていたらしいのだ。

いかなるときにも
口論は禁物
バカと争うと
バカをみる

たしかにスケールの大きな人物にちがいない。
小なりとはいえ公国の高官であれば、官舎のほかに庭つきの山荘をもらっていた。庭いじりをしてイヤなことを忘れる。これもゲーテの流儀だったと思われる。大作『ファウスト』第二部は花畑の風景ではじまるが、庭師が出てきて合唱をする。

花が咲いたら
頭にかざせ
木の実は食べろ
草木は欺さない

歌のしめくくりは「バラは詩にして、リンゴはかじれ!」
身勝手な意見や悪口を投げつけられるたびに、草むしりをしながら「口論は禁物」と、自分に言いきかしていたのではなかろうか。花は詩にして、木の実は食べる。いたって有効な利用法というものだ。

こちらもリンゴをかじることにして、『ファウスト』の翻訳をくわだてた。まる三年間、出かけるときには、いつも本を持ち歩いていた。全集版は重いので、新書スタイルのお手軽なやつ。つくりは安直だが、有名なドラクロアの挿絵がついていて、とてもたのしい。ただ製本がノリづけなので、そのうちページがバラけてきた。それを太いゴムバンドでとめていた。

出かけるのは山か温泉か海外である。山小屋のランプの下で開いていたら煤で黒いシミがついた。温泉せんべいをかじりながら読んでいたので、せんべいのかけらがデコボコにくっついた。上の余白にしましま模様がついているのは、ウィーンの公園で読書中に、にわか雨にあったからだ。

正しく翻訳するためには、著者をよく知らなくてはならない。

「ゲーテさん、こんばんは」

明かりを見つけたら、ドアを叩く。それから話を聞くとしよう。その点でも活字の世界は便利である。叩けば、きっとドアは開かれるし、夜明けちかくまで居すわっても、イヤな顔をされるきづかいがない。そんなふうに『ファウスト』訳と手に手をとって、多少とも風変わりな「ぼくの伯父さん」の伝記ができていった。

二〇〇五年十月　　　池内　紀

集英社文庫

ゲーテさん　こんばんは

2005年11月25日　第1刷
2020年8月25日　第7刷

定価はカバーに表示してあります。

著　者　池内《いけうち》　紀《おさむ》

編　集　株式会社 集英社クリエイティブ
東京都千代田区神田神保町2-23-1　〒101-0051
電話　03-3288-9821

発行者　徳永　真

発行所　株式会社 集英社
東京都千代田区一ツ橋2-5-10　〒101-8050
電話　【編集部】03-3230-6095
【読者係】03-3230-6080
【販売部】03-3230-6393（書店専用）

印　刷　大日本印刷株式会社

製　本　ナショナル製本協同組合

フォーマットデザイン　アリヤマデザインストア　　マークデザイン　居山浩二

ISBN978-4-08-747885-3 C0195